Learn French with Horror Stories

French A1 Reader

Brian Smith

French Graded Readers

For more books and E-book options visit:

www.briansmith.de

L'Île des Ombres

L'Arrivée

Pierre a gagné un voyage gratuit. C'est incroyable ! Il part pour une île des Caraïbes. L'avion atterrit, et Pierre est ébloui par la beauté de l'île. "C'est magnifique !" pense-t-il.

Dès son arrivée, Pierre est accueilli chaleureusement. "Bienvenue sur notre île !" lui disent les habitants avec de grands sourires. Ils sont très gentils, et l'hôtel qu'ils lui offrent est splendide. Pierre est très excité : "C'est le meilleur voyage de ma vie !"

Il décide d'explorer la plage tout de suite. Le sable est doux, et l'eau est d'un bleu clair. "C'est un paradis," s'exclame Pierre. Il se promène, sentant le soleil sur sa peau et respire l'air frais de la mer.

Plus tard, il goûte aux fruits tropicaux. "Ces fruits sont délicieux !" dit Pierre en savourant un morceau de mangue. Il se sent vraiment chanceux d'être là.

Le soir venu, alors que Pierre se repose dans sa chambre, il entend des bruits étranges à l'extérieur. Des sifflements, des craquements, comme si quelqu'un ou quelque chose se déplaçait dans l'ombre. Pierre se lève et regarde par la fenêtre. Il ne voit rien d'anormal dans la nuit noire.

"C'est probablement juste le vent," se dit-il en essayant de se rassurer. Mais une petite voix dans sa tête lui suggère que ce n'est peut-être pas si simple. Il décide d'ignorer cette voix et se remet au lit, espérant que le lendemain lui apporterait plus d'aventures et de découvertes sur cette île mystérieuse.

Pendant qu'il essaie de dormir, les bruits continuent. Pierre se tourne et se retourne dans son lit, son imagination s'emballant avec des histoires de pirates et de trésors cachés. Finalement, le sommeil l'emporte, mais les sons de la nuit restent gravés dans son esprit, promettant des mystères à découvrir dans les jours à venir.

1. Accueilli - welcomed

2. Atterrit - lands
3. Aventure - adventure
4. Chaleureusement - warmly
5. Craquements - cracklings
6. Découvertes - discoveries
7. Délicieux - delicious
8. Ébloui - dazzled
9. Étranges - strange
10. Excité - excited
11. Gratuite - free
12. Mystérieuse - mysterious
13. Paradis - paradise
14. Promène - walks
15. Sifflements - whistlings

La Découverte

Le lendemain, Pierre se fait rapidement des amis. "Salut, je m'appelle Pierre. Je viens de France," dit-il avec un sourire. "Enchanté, Pierre ! Viens nager avec nous !" lui répondent-ils.

Ils plongent dans l'eau claire ensemble. "Regarde ces poissons, ils sont si colorés !" s'exclame un ami. Pierre est d'accord, "Oui, c'est magnifique ! Cette île est parfaite."

Après leur baignade, Pierre et ses nouveaux amis se promènent sur l'île. Mais quelque chose commence à le tracasser. "Vous ne trouvez pas qu'il y a moins de gens aujourd'hui ?" demande Pierre. Ses amis se regardent, puis changent de sujet. "Regarde cette vue, Pierre !" Mais Pierre reste perplexe.

Le soir, il remarque que les rues sont désertes. "Où sont tous les gens ?" se demande-t-il. En plus, il y a des chauves-souris partout. "C'est bizarre, non ?" dit Pierre à un habitant. L'homme ne répond pas et s'éloigne rapidement.

Pierre pose des questions à d'autres habitants. "Pourquoi y a-t-il tant de chauves-souris ici ? Et où sont les gens le soir ?" Mais personne ne lui donne de réponse. Tout le monde évite son regard et s'éloigne.

Pierre commence à se sentir inquiet. "Il se passe quelque chose d'étrange sur cette île," pense-t-il. Il décide de mener sa propre enquête. "Demain, je vais chercher des réponses," se dit-il avant de dormir.

Le mystère de l'île s'épaissit, et Pierre est déterminé à découvrir ce qui se cache derrière ces phénomènes étranges. Mais pour l'instant, il ne peut que spéculer sur les secrets que l'île des Caraïbes semble garder si jalousement.

1. Baignade - swimming
2. Chauves-souris - bats
3. Clair - clear
4. Désertes - deserted
5. Étrange - strange
6. Inquiet - worried
7. Jalousement - jealously
8. Mystère - mystery
9. Perplexe - puzzled
10. Phénomène - phenomenon
11. Plongent - dive
12. Promènent - walk
13. Spéculer - speculate
14. Tracasser - bother
15. Vue - view

Les Premiers Doutes

Pierre commence à remarquer des choses étranges sur l'île. D'abord, il voit que les habitants évitent le soleil. "Pourquoi vous ne sortez pas quand il fait beau ?" demande Pierre à un habitant. "Nous préférons rester à l'ombre," répond l'homme mystérieusement.

En plus, tous les habitants portent des vêtements longs, même quand il fait très chaud. "C'est pour se protéger du soleil," explique une femme. Mais Pierre trouve cela étrange.

Quand il invite ses nouveaux amis à manger, ils refusent toujours. "Je ne vous ai jamais vu manger," dit Pierre. "Nous mangeons plus tard," répondent-ils rapidement. Pierre ne voit jamais de nourriture normale, seulement des fruits et des légumes.

Un soir, Pierre entend des histoires sur des personnes qui ont disparu sur l'île. "C'est vrai que des gens disparaissent ici ?" demande-t-il à un ami. L'ami semble nerveux. "Oui, mais ne t'inquiète pas. C'est rare," dit-il sans convaincre Pierre.

Les amis de Pierre deviennent de plus en plus nerveux. Ils lui donnent un conseil : "Ne sors pas la nuit, c'est dangereux." Pierre est confus. "Pourquoi ? Qu'est-ce qu'il y a dehors ?" Mais ils ne répondent pas.

Dans son hôtel, Pierre trouve des objets étranges : des vieux livres, des amulettes, et des dessins qui ressemblent à des symboles. "Qu'est-ce que c'est que tout ça ?" se demande Pierre en examinant un objet qui semble très ancien.

Le plus troublant, ce sont les peintures qu'il trouve dans un coin de sa chambre. Elles représentent des créatures qui ressemblent à des vampires. "C'est une blague ?" se dit Pierre en riant. Mais au fond, il se sent un peu effrayé.

"Pourquoi y a-t-il des peintures de vampires dans ma chambre ?" demande Pierre à la réception de l'hôtel. "C'est une partie de notre culture," répond le réceptionniste avec un sourire énigmatique.

Le soir, Pierre réfléchit à tout ce qu'il a vu et entendu. Les vêtements longs, les disparitions, les avertissements de ses amis, et maintenant ces peintures. "Est-ce que c'est possible... ? Non, c'est ridicule," se dit-il. Mais l'idée est déjà plantée dans son esprit.

Pierre rit de ses propres pensées. "Des vampires, vraiment ?" Mais quand il éteint la lumière pour dormir, il ne peut s'empêcher de regarder anxieusement autour de lui, se demandant si les histoires pourraient être vraies. La nuit semble plus sombre et plus longue que jamais.

1. Amulettes - amulets
2. Anxieusement - anxiously
3. Avertissements - warnings
4. Disparitions - disappearances
5. Énigmatique - enigmatic
6. Étranges - strange
7. Inquiète - worried
8. Mystérieusement - mysteriously
9. Nourriture normale - regular food
10. Objets étranges - strange objects
11. Ombre - shadow
12. Protéger - to protect
13. Réceptionniste - receptionist
14. Ridicule - ridiculous
15. Vêtements longs - long clothes

La Vérité Commence à Apparaître

Cette nuit-là, Pierre décide de rester éveillé. Allongé dans son lit, il écoute attentivement les sons de l'île. Bientôt, il voit des ombres bouger le long des murs de sa chambre. "Qu'est-ce que c'est ?" murmure-t-il en se levant pour enquêter.

Alors qu'il s'approche de la fenêtre, il entend des voix à l'extérieur. Elles parlent d'une manière étrange, mentionnant souvent le mot "sang". Pierre frissonne. "Pourquoi parlent-ils de sang ?" se demande-t-il.

Le lendemain, en explorant la bibliothèque de l'hôtel, Pierre trouve un vieux livre poussiéreux sur les vampires. Curieux, il commence à lire et découvre que les vampires sont souvent associés aux îles isolées, comme celle sur laquelle il se trouve. "C'est une coïncidence, non ?" pense Pierre, de plus en plus inquiet.

Plus tard, en rencontrant ses amis, Pierre remarque des marques de morsures sur le cou d'un d'entre eux. "Qu'est-ce que c'est ?" demande-t-il, pointant du doigt les marques. "Oh, c'était juste un accident," répond l'ami rapidement, visiblement mal à l'aise. Pierre le regarde fixement. "Un accident ?" répète-t-il, sceptique.

Convaincu que quelque chose de sinistre se cache sous la surface de l'île, Pierre décide d'enquêter plus avant. "Je dois trouver la vérité," se dit-il déterminé.

La nuit suivante, en explorant l'hôtel, Pierre découvre une porte dérobée menant à des passages secrets. "Incroyable," souffle-t-il en allumant sa lampe de poche et en s'aventurant dans les couloirs sombres.

Ces passages semblent s'étendre sous toute l'île, avec des pièces cachées et des tunnels qui s'entrecroisent. "Que se passe-t-il ici ?" Pierre se sent comme dans un film d'horreur, mais il sait qu'il doit continuer.

Au fur et à mesure de son exploration, Pierre trouve des preuves de plus en plus troublantes. Des vêtements tachés de sang, d'anciens grimoires parlant de rituels nocturnes, et des photos de personnes marquées de morsures similaires à celles de son ami.

"Je suis sur une île de vampires," réalise Pierre, son cœur battant la chamade. L'idée lui semble folle, mais tout commence à avoir un sens effrayant.

Déterminé à découvrir toute la vérité, Pierre continue son enquête, sachant que chaque pas le rapproche d'une réalité qu'il aurait préféré ne jamais connaître. La peur l'accompagne, mais la soif de vérité est plus forte. Il sait désormais que les légendes et les histoires d'horreur peuvent parfois être bien réelles.

1. Anciens - ancient
2. Chamade - pounding
3. Coïncidence - coincidence
4. Découvre - discovers
5. Dérobée - hidden
6. Écoute - listens
7. Enquête - investigation
8. Frissonne - shivers
9. Incroyable - incredible
10. Morsures - bites
11. Nocturnes - nocturnal

12. Passages secrets - secret passages
13. Poussiéreux - dusty
14. Réalise - realizes
15. Troublantes - disturbing

La Confirmation

Cette nuit-là, Pierre décide de suivre discrètement un habitant qui lui semble suspect. Il se faufile dans l'ombre, son cœur battant à tout rompre. L'habitant mène Pierre jusqu'à une clairière cachée où une cérémonie étrange se déroule sous la lumière de la lune.

Autour d'un grand feu, les habitants de l'île, vêtus de capes sombres, forment un cercle. Pierre se cache derrière un arbre et observe. Il voit les participants passer un calice les uns aux autres, buvant ce qui semble être un liquide rouge foncé. "C'est impossible," murmure Pierre, mais au fond de lui, il sait.

Lorsque l'un d'eux lève le calice à la lumière de la lune, Pierre réalise avec horreur que le liquide est en effet du sang. Il sent un frisson de terreur lui parcourir le dos. "Ils sont vraiment... des vampires," se dit-il, à peine capable de croire ce qu'il voit.

Paniqué, Pierre fait un pas en arrière, craquant une branche sous son pied. Le bruit attire l'attention des participants. Des yeux rouges se tournent vers lui. Pierre sait qu'il a été vu. Sans réfléchir, il se retourne et court aussi vite qu'il le peut, entendant des cris et des sifflements derrière lui.

Il court à en perdre haleine, trébuchant sur les racines et les pierres dans l'obscurité, jusqu'à ce qu'il atteigne enfin son hôtel. Il bouscule la porte et la verrouille derrière lui, le souffle court, le cœur battant. "Je dois partir d'ici," se dit-il, paniqué.

Assis dos à la porte, il entend des pas et des voix à l'extérieur. Ils le cherchent. Pierre se sent piégé, son esprit tourbillonnant de peur et de désespoir. "Comment vais-je m'échapper ?" se demande-t-il, cherchant désespérément une issue.

Il passe le reste de la nuit éveillé, sursautant au moindre bruit, terrifié à l'idée que les vampires puissent entrer. L'aube apporte un maigre réconfort, mais Pierre sait qu'il ne peut pas rester. "Dès que le soleil se lève, je dois trouver un moyen de quitter cette île," se promet-il.

La réalité de sa situation le frappe de plein fouet. Il est seul, sans alliés, sur une île contrôlée par des créatures de la nuit. Mais Pierre est déterminé à survivre, à trouver un moyen de s'échapper de cette horreur. La confirmation de ses pires craintes ne fait que renforcer sa volonté de s'en sortir vivant. Il commence à planifier sa fuite, sachant que chaque instant passé sur cette île le rapproche d'un destin qu'il refuse d'accepter.

1. Aube - dawn
2. Calice - chalice
3. Cérémonie - ceremony
4. Clairière - clearing
5. Craquer - to crack
6. Créatures - creatures
7. Discrètement - discreetly
8. Échapper - to escape
9. Faufile - sneaks
10. Frisson - shiver
11. Horreur - horror
12. Liquide - liquid
13. Paniqué - panicked
14. Sifflements - whistlings
15. Tourbillonnant - swirling

La Fuite

Dès les premières lueurs de l'aube, Pierre se met à préparer un sac rapidement, y mettant le strict nécessaire. Son cœur bat la chamade à l'idée de s'échapper de cette île de cauchemar.

Il attend patiemment, à l'affût du premier rayon de soleil, signe qu'il peut sortir sans craindre la présence des vampires. Dès que le jour se lève, il sort discrètement de l'hôtel, jetant des regards prudents autour de lui.

Pierre se dirige vers le port, l'espoir grandissant à chaque pas. "Il doit y avoir un bateau ou un avion quelque part," murmure-t-il pour se donner du courage. Son regard se pose alors sur un vieux bateau amarré à un quai éloigné. "C'est ma chance," pense-t-il en accélérant le pas.

Arrivé au bateau, il examine rapidement le moteur et essaie de le démarrer. Les premières tentatives sont infructueuses, faisant monter l'angoisse en Pierre. "Allez, démarre," supplie-t-il, presque à voix haute.

Derrière lui, des cris retentissent. Pierre se retourne brusquement et voit au loin des silhouettes qui se rapprochent rapidement. "Ils m'ont trouvé," réalise-t-il, une vague de panique le submergeant. Il redouble d'effort sur le moteur, priant pour qu'il démarre.

Finalement, avec un ronronnement accueillant, le moteur s'éveille à la vie. Pierre pousse un soupir de soulagement, mais il sait qu'il n'est pas encore en sécurité. Il met le bateau en marche et s'éloigne du quai aussi vite que possible.

Les cris des vampires se font de plus en plus distants alors que Pierre s'éloigne de l'île. Il regarde une dernière fois en arrière, le cœur serré par une multitude d'émotions. La peur se mêle au soulagement, tandis que l'île disparaît peu à peu à l'horizon.

Pierre navigue sans savoir exactement où il va, mais chaque mètre parcouru l'éloigne de l'horreur. Il se concentre sur l'océan devant lui, laissant derrière lui l'île et ses terribles secrets.

Tandis que le soleil monte dans le ciel, Pierre commence à ressentir les premiers signes d'épuisement. La tension de la nuit passée et la peur de la poursuite l'ont vidé de son énergie. Mais il sait qu'il ne peut pas s'arrêter maintenant.

"Je suis en vie," se dit-il à voix haute, comme pour se convaincre que le pire est derrière lui. Il s'accorde un moment pour pleurer, pour laisser sortir toute la tension et la peur accumulées. Puis, essuyant ses larmes, Pierre se redresse, déterminé à affronter ce qui l'attend.

La fuite de l'île des vampires marque un tournant dans la vie de Pierre. Il sait qu'il aura des histoires incroyables à raconter, mais pour l'instant, tout ce qu'il désire, c'est trouver un refuge sûr où il pourra enfin se reposer et commencer à guérir des cicatrices laissées par cette aventure terrifiante.

1. Aube - dawn
2. Amarré - moored
3. Angoisse - anxiety
4. Cauchemar - nightmare
5. Chamade - pounding
6. Craindre - to fear
7. Éloigné - distant
8. Épuisement - exhaustion
9. Infructueuses - unsuccessful
10. Lueurs - glimmers
11. Moteur - engine
12. Navigue - sails
13. Prudents - cautious
14. Quai - dock
15. Ronronnement - purring

La Poursuite en Mer

Pierre navigue toute la journée, épuisé mais déterminé à mettre le plus de distance possible entre lui et l'île des vampires. Alors qu'il scrute l'horizon, il aperçoit plusieurs îles au loin. "Peut-être y trouverai-je refuge," pense-t-il, l'espoir naissant dans son cœur. Mais une sensation étrange le prend. Il a l'impression d'être suivi.

En regardant par-dessus bord, il voit des ombres mouvantes dans l'eau. Son cœur se serre. "Ce n'est pas possible," murmure-t-il, tentant de se convaincre que ce ne sont que des poissons ou des algues. Pourtant, l'idée que les vampires puissent d'une manière ou d'une autre le poursuivre même en mer le terrifie.

Pierre essaie de rester calme, se concentrant sur sa survie. Il sort sa ligne de pêche et attrape quelques poissons pour se nourrir. "Je ne peux pas me permettre de paniquer," se dit-il en préparant son repas frugal. La survie est sa priorité, et il refuse de laisser la peur prendre le dessus.

La nuit tombe, et avec elle, une obscurité presque totale enveloppe le bateau. Pierre sait qu'il ne pourra pas dormir. Les sons de l'eau contre la coque lui paraissent plus menaçants que jamais. Soudain, il entend des voix murmurer juste sous la surface. Il se fige, écoutant attentivement. Les voix semblent l'appeler, le tirer vers elles.

Alors, dans un éclair de lune, Pierre aperçoit des yeux rouges luisant dans l'obscurité de l'eau. Il recule, horrifié. "Ils sont ici," réalise-t-il, son cœur battant à tout rompre. Il se précipite vers les commandes du bateau et accélère, espérant échapper à ces créatures qui semblent le hanter même en pleine mer.

Le bateau fend l'eau à une vitesse accrue, mais Pierre sait qu'il ne peut pas simplement fuir ses peurs. Les yeux rouges et les voix s'estompent derrière lui, mais l'angoisse reste. "Je dois rester fort," se dit-il, se parlant à lui-même pour chasser la terreur.

Toute la nuit, il navigue, guettant le moindre signe de poursuite. L'épuisement le guette, mais la peur de ce qui rôde dans l'eau le maintient éveillé. "Je survivrai," se promet-il encore et encore, chaque mot un mantra contre la peur.

Lorsque l'aube se lève enfin, Pierre se sent un peu plus en sécurité, mais la nuit l'a changé. Il sait désormais que la menace des vampires n'est pas limitée à l'île. Elle peut se manifester de manières inattendues, le forçant à rester vigilant à chaque instant.

Alors que le soleil émerge de l'horizon, Pierre se permet un moment de répit, admirant la beauté de l'aube. Mais dans le fond de son esprit, la peur demeure, un sombre rappel de la nuit passée. "Je dois continuer," se dit-il, fixant l'horizon avec détermination. Peu importe les défis à venir, il est résolu à survivre et à trouver un endroit sûr loin de l'ombre des vampires.

1. Aperçoit - spots

2. Coque - hull
3. Déterminé - determined
4. Émerger - emerge
5. Épuisé - exhausted
6. Fend - cuts through
7. Frugal - frugal
8. Guetter - to watch for
9. L'aube - dawn
10. Ligne de pêche - fishing line
11. Mouvantes - moving
12. Obscurité - darkness
13. Poursuite - pursuit
14. Répit - respite
15. Terrifier - to terrify

L'Arrivée sur une Nouvelle Île

Après une longue et terrifiante traversée, Pierre aperçoit enfin une nouvelle île à l'horizon. L'épuisement et la peur ont marqué son visage, mais la vue de la terre lui apporte un soulagement indescriptible. En approchant du rivage, il sent son cœur se gonfler d'espoir.

Dès qu'il met pied à terre, Pierre est accueilli par les habitants de l'île. Ils l'observent avec curiosité mais sans hostilité. "Bonjour, je m'appelle Pierre. Je viens de loin," dit-il, sa voix trahissant sa fatigue.

Les habitants lui sourient chaleureusement. "Bienvenue sur notre île," répond l'un d'eux. "Tu dois être épuisé. Viens, nous allons te donner de la nourriture et un endroit pour te reposer."

Gratitude remplissant son cœur, Pierre les suit. Ils lui servent un repas simple mais délicieux, et lui montrent une petite cabane où il pourra dormir. L'accueil chaleureux et la bienveillance des habitants le touchent profondément.

Après s'être restauré et un peu remis, Pierre décide de leur raconter son histoire. Il parle des vampires, de la poursuite en mer, et de sa fuite désespérée. Les habitants l'écoutent avec attention, leurs visages exprimant une sympathie sincère.

"Nous avons entendu parler de telles îles," dit l'un d'eux doucement. "Mais tu es en sécurité ici. Nous veillons les uns sur les autres."

Ces mots apportent un immense réconfort à Pierre. Pour la première fois depuis longtemps, il se sent véritablement en sécurité. Cette nuit-là, il s'endort paisiblement, bercé par le son des vagues et l'assurance que les horreurs qu'il a fui sont loin derrière lui.

Les jours suivants, Pierre explore l'île sans peur. Il découvre des plages magnifiques, des forêts denses, et des habitants toujours prêts à partager un sourire ou une histoire. L'île est un paradis loin des cauchemars qu'il a vécus.

Cependant, malgré la paix et la sécurité qu'il ressent, Pierre ne peut s'empêcher de garder une lumière allumée chaque nuit. Les souvenirs des yeux rouges et des voix susurrantes dans l'obscurité le hantent encore. Cette petite lumière est son bouclier contre les ombres du passé, un rappel qu'il est encore vulnérable.

Mais chaque jour qui passe sur cette nouvelle île renforce son esprit et son cœur. Pierre commence à croire qu'il peut vraiment laisser derrière lui les horreurs qu'il a affrontées. Grâce à la gentillesse et à la solidarité des habitants, il trouve la force de regarder vers l'avenir avec espoir, déterminé à construire une nouvelle vie dans ce refuge paisible. La lumière qu'il garde allumée chaque nuit devient moins un symbole de peur que de vigilance et de respect pour les épreuves qu'il a surmontées.

1. Accueilli - welcomed
2. Bienveillance - kindness
3. Cabane - cabin
4. Cauchemars - nightmares
5. Curiosité - curiosity
6. Épuisé - exhausted
7. Gratitude - gratitude

8. Hostilité - hostility
9. Indescriptible - indescribable
10. Nourriture - food
11. Paisiblement - peacefully
12. Restauré - restored
13. Rivage - shore
14. Soulagement - relief
15. Veillons - we watch over

La Nouvelle Vie

Pierre, après avoir trouvé paix et sécurité sur la nouvelle île, décide de s'y installer de manière permanente. Il se sent enfin chez lui, loin des dangers qu'il a fuis. Chaque jour, il s'implique davantage dans la vie de la communauté, offrant son aide où elle est nécessaire.

Un matin, il rejoint un groupe de pêcheurs au lever du soleil. "Je veux apprendre à pêcher," leur dit-il avec enthousiasme. Les pêcheurs, heureux de partager leur savoir, lui enseignent les techniques de pêche. Pierre, attentif et patient, apprend vite. "Regarde, j'ai attrapé un poisson !" s'exclame-t-il un jour, un sourire éclatant illuminant son visage.

La cuisine devient également une de ses passions. Il passe des heures avec les cuisiniers de l'île, apprenant à préparer des plats locaux. "C'est délicieux, Pierre !" s'exclament-ils en goûtant à ses premiers essais. Pierre trouve dans la cuisine un nouveau moyen d'exprimer sa gratitude envers ceux qui l'ont accueilli.

Au fil des jours, Pierre se fait de nombreux amis. Sa gentillesse et sa générosité le rendent populaire parmi les habitants. Il partage avec eux ses histoires, ses rires et parfois ses silences, quand le regard de Pierre se perd vers l'horizon, là où la mer rencontre le ciel.

Dans ces moments de solitude choisie, les souvenirs de sa fuite et des vampires lui reviennent. Mais ces souvenirs sont comme des ombres qui s'estompent au soleil : présents, mais sans pouvoir sur lui. Pierre décide alors d'écrire un livre sur son aventure, transformant ses peurs en mots et ses mots en leçons de vie.

Lorsque son livre est fini, il organise des soirées où il lit des extraits à ceux qui veulent l'écouter. Les habitants viennent nombreux, captivés par son récit. "Tu as vraiment vécu tout ça ?" lui demandent-ils, ébahis. Pierre répond par un sourire modeste, ses yeux racontant plus que ses mots.

Grâce à son livre, Pierre devient célèbre sur l'île. Sa renommée dépasse même les eaux qui entourent leur petit monde. Des visiteurs viennent parfois, curieux de rencontrer l'homme qui a survécu aux vampires et qui a trouvé un nouveau départ.

Pierre est heureux. Il a trouvé un sens à sa vie en aidant les autres, en partageant son histoire et en bâtissant des amitiés sincères. Mais il reste toujours prudent, conscient que le monde est plein de mystères et de dangers. La lumière qu'il garde allumée chaque nuit n'est plus seulement un rempart contre la peur, mais un symbole de sa vigilance et de son respect pour le passé.

Dans cette nouvelle vie, Pierre trouve un équilibre entre le souvenir et l'oubli, entre la prudence et l'ouverture au monde. Il sait désormais que le courage ne réside pas dans l'absence de peur, mais dans la capacité à avancer malgré elle. Et sur cette île, entouré d'amis et porté par de nouveaux rêves, Pierre continue d'avancer, chaque jour un peu plus fort, un peu plus serein.

1. Accueilli - welcomed
2. Amis - friends
3. Aventure - adventure
4. Communauté - community
5. Cuisiniers - cooks
6. Éclatant - brilliant
7. Enseignent - teach
8. Entourage - surroundings
9. Épuisement - exhaustion
10. Horizon - horizon
11. Passions - passions

12. Peur - fear
13. Récit - story
14. Serein - serene
15. Souvenirs - memories

Le Retour des Ombres

Une nuit tranquille sur la nouvelle île, Pierre est tiré de son sommeil par une sensation étrange. Il jette un œil par la fenêtre de sa cabane et aperçoit une ombre mouvante dans la lumière de la lune. Son cœur se met à battre plus fort. "C'est un vampire," pense-t-il immédiatement, l'ancienne peur ressurgissant avec force.

Sans hésiter, Pierre s'habille rapidement et court alerter les habitants. Frappant à chaque porte, il crie : "Une ombre ! Je pense que c'est un vampire !" Les habitants, réveillés en sursaut, se rassemblent autour de lui, l'inquiétude et la confusion dans leurs yeux.

Ensemble, ils décident de protéger l'île. Pierre prend les devants. "Il nous faut de l'ail et des pieux," dit-il avec sérieux. Les habitants, bien que sceptiques, suivent ses instructions, admirant son courage.

Toute la nuit, ils veillent, armés de pieux et entourés d'ail, scrutant l'obscurité à la recherche de l'ombre. Pierre reste vigilant, prêt à défendre sa nouvelle maison à tout prix. Mais le soleil se lève sans que rien ni personne ne se manifeste.

Le matin, après une inspection minutieuse de l'île, ils ne trouvent aucune trace d'intrus. Pierre se sent à la fois soulagé et embarrassé. "Peut-être que j'ai eu tort," admet-il devant les habitants, son visage exprimant la confusion et la honte.

C'est alors qu'il réalise que sa peur des ombres, des vestiges de son passé traumatisant, est encore vive. Pierre comprend qu'il doit apprendre à vivre avec cette peur sans laisser celle-ci contrôler sa vie. "Je suis désolé de vous avoir alarmés pour rien," s'excuse-t-il auprès des habitants.

Mais les habitants de l'île, loin de lui en vouloir, le rassurent. "Nous sommes une communauté. Nous nous protégeons les uns les autres, peu importe le danger, réel ou imaginé," lui dit l'un d'eux, posant une main amicale sur son épaule.

Pierre est touché par leur compréhension et leur soutien. Il réalise que sa nouvelle vie ici est précieuse, que les liens qu'il a tissés avec les habitants sont forts. Il décide de faire tout son possible pour protéger l'île, son nouveau chez lui, non seulement des dangers réels mais aussi des peurs qui peuvent diviser et affaiblir.

Dans les jours qui suivent, Pierre travaille encore plus dur pour contribuer à la sécurité et au bien-être de l'île. Il partage ses connaissances, aide à renforcer les maisons et les lieux de rassemblement, et continue d'apporter son soutien moral à tous.

Le retour des ombres cette nuit-là n'était finalement qu'une épreuve de plus dans la vie de Pierre, un rappel que le chemin vers la guérison et l'acceptation de soi est parsemé d'obstacles. Mais avec le soutien de sa nouvelle famille sur l'île, il sait qu'il peut affronter n'importe quelle peur, n'importe quel défi. Pierre protège désormais l'île non seulement en tant que résident mais aussi en tant que gardien vigilant, veillant sur son nouveau foyer avec courage, amour et une détermination inébranlable.

1. Alerter - to alert
2. Aperçoit - spots
3. Armés - armed
4. Cabane - cabin
5. Confusion - confusion
6. Défi - challenge
7. Embarrassé - embarrassed
8. Frappant - knocking
9. Guérison - healing
10. Inquiétude - worry
11. Minutieuse - thorough
12. Mouvante - moving
13. Pieux - stakes
14. Sursaut - startle
15. Veillant - watching over

Les Ombres de Kerguelen

L'Arrivée à Kerguelen

Une équipe de scientifiques français arrive à Kerguelen. « Regardez cette île, elle est immense ! » s'exclame Marie, l'une des scientifiques. « Oui, et sauvage, » ajoute Thomas, un autre membre de l'équipe. Ils sont venus pour explorer l'intérieur mystérieux de l'île.

Dès leur arrivée, ils commencent à installer leur campement. « Cet endroit semble parfait pour notre base, » dit Julien, le chef de l'équipe. « Oui, mais dépêchons-nous, la nuit tombe, » répond Sarah, en regardant le ciel qui s'assombrit rapidement.

La nuit est maintenant complètement tombée, et c'est la pleine lune. Alors qu'ils finissent de monter les tentes, un silence pesant s'installe. Soudain, des bruits étranges résonnent depuis la forêt. « Vous avez entendu ça ? » demande Marie, inquiète. « Oui, comme des pas... mais pas humains, » murmure Thomas.

Ils se rassemblent, essayant de percer l'obscurité avec leurs lampes torches. « J'ai l'impression qu'on nous observe, » dit Sarah, la voix tremblante. Tous acquiescent, sentant une présence indéfinissable autour d'eux.

Julien décide alors de vérifier les alentours. À quelques mètres du campement, il découvre des traces de pas non humains. « Venez voir ! Ce ne sont pas des pas d'animaux ordinaires, » appelle-t-il les autres. L'équipe s'approche, et l'inquiétude se lit sur tous les visages. « Qu'est-ce qui peut bien laisser de telles empreintes ? » se demande Marie à voix haute.

La tension monte dans le groupe. « Nous devons rester ensemble et rester vigilants, » déclare Julien, essayant de rassurer ses collègues. « Oui, restons calmes. Nous sommes des scientifiques, après tout. Nous sommes venus ici pour découvrir, » ajoute Thomas, tentant d'injecter une dose de courage dans l'air chargé de peur.

Ils retournent au campement, l'esprit en alerte et le cœur lourd. « Cette nuit, nous devons monter la garde à tour de rôle. Qui sait ce que nous pourrions rencontrer, » suggère Sarah. Tous sont d'accord, personne ne désirant être pris au dépourvu par ce qui rôde dans la nuit.

Alors qu'ils se préparent à passer leur première nuit sur l'île de Kerguelen, l'excitation de l'aventure se mêle à une peur primitive. Ce qu'ils pensaient être une mission scientifique se transforme rapidement en un défi de survie, sous le regard lumineux de la pleine lune.

L'équipe s'endort finalement, par petits groupes, tandis que l'un d'eux veille, écoutant les sons de la nuit, espérant que ce ne sont que des bruits de la nature. Mais au fond, ils savent tous que l'île de Kerguelen cache des secrets bien plus sombres que ce qu'ils avaient imaginé.

1. Campement - Campsite
2. Dépêcher - To hurry
3. Équipe - Team
4. Explorer - To explore
5. Inquiète - Worried
6. Lampe torche - Flashlight
7. Mystérieux - Mysterious
8. Obscurité - Darkness
9. Pesant - Heavy, oppressive
10. Pleine lune - Full moon
11. Présence - Presence
12. Rassurer - To reassure
13. Sauvage - Wild
14. Scientifique - Scientist
15. Vigilant - Vigilant

La Découverte

Le soleil se lève sur l'île de Kerguelen, apportant un peu de chaleur dans le froid matinal. L'équipe de scientifiques français, après une courte nuit agitée, se prépare pour leur première journée d'exploration. « Allons voir ce que cette île nous cache, » dit Julien avec un sourire encourageant.

Ils marchent pendant des heures, admirant la beauté sauvage de l'île, quand soudain, Thomas s'arrête. « Regardez, une entrée de caverne ! » s'exclame-t-il. Poussés par la curiosité, ils décident d'explorer l'intérieur.

La caverne est sombre et humide, mais leurs lampes torches révèlent des symboles mystérieux gravés sur les murs. « Ces marques semblent anciennes, peut-être même préhistoriques, » murmure Marie, fascinée. Ils commencent à prendre des photos et à noter leurs observations.

Soudain, Sarah, en touchant l'un des symboles, active un mécanisme caché. Un grondement sourd se fait entendre, et une section de la paroi s'ouvre lentement, révélant un passage secret. « Incroyable ! » s'exclame Julien, « Explorons cela. »

Prudemment, ils s'avancent dans le passage nouvellement découvert. Un cri lointain et inhumain résonne à travers les tunnels, les faisant sursauter. « Qu'est-ce que c'était ? » demande Marie, une pointe d'inquiétude dans la voix.

Ils continuent malgré tout, guidés par une soif de découverte. Le tunnel les mène à une grande salle souterraine où ils trouvent des restes d'animaux éparpillés sur le sol. « Ces animaux ont été chassés... et mangés, » dit Thomas, examinant les os.

Julien se tourne vers son équipe, le visage grave. « Il semble que nous ne soyons pas seuls sur cette île. Nous devons être extrêmement prudents. »

Le groupe acquiesce, comprenant la gravité de la situation. « Nous devrions marquer notre chemin pour ne pas nous perdre, » suggère Sarah. Ils utilisent de la craie pour dessiner des flèches sur les murs du tunnel, assurant ainsi un moyen de retrouver leur chemin vers la sortie.

Alors qu'ils explorent davantage, ils découvrent d'autres salles cachées, chacune renfermant plus de mystères et d'indices sur les habitants passés de l'île. « Ces découvertes sont incroyables, mais nous devons rester vigilants, » rappelle Julien.

Finalement, ils décident qu'il est temps de retourner au campement avant la tombée de la nuit. « Nous reviendrons demain, mieux préparés, » déclare Julien, conscient que l'aventure ne fait que commencer.

Alors qu'ils retraversent la caverne vers la sortie, chacun est perdu dans ses pensées, réfléchissant aux secrets que l'île de Kerguelen pourrait encore leur révéler. Mais une question demeure dans tous les esprits : à qui appartenaient ces cris lointains entendus dans les profondeurs de la terre ?

1. Agitée - Restless
2. Caverne - Cave
3. Chaleur - Warmth
4. Cri - Shout, Cry
5. Découverte - Discovery
6. Grondement - Rumbling
7. Humide - Damp, Humid
8. Inhumain - Inhuman
9. Mécanisme - Mechanism
10. Mystérieux - Mysterious
11. Paroi - Wall
12. Passage secret - Secret Passage
13. Préhistorique - Prehistoric
14. Prudemment - Cautiously
15. Souterraine - Underground

L'Éveil

La nuit enveloppe l'île de Kerguelen d'une obscurité profonde, seule la pleine lune brille dans le ciel, éclairant le campement des scientifiques. Soudain, des hurlements perçants déchirent le silence. « Qu'est-ce que c'est ? » murmure Sarah, sa voix trahissant sa peur.

À peine a-t-elle fini sa phrase qu'une ombre gigantesque émerge des ténèbres. Un loup-garou, avec ses yeux jaunes brillant sous la lune, apparaît à la lisière du campement. « Un loup-garou ! » crie Thomas, reculant en trébuchant sur une pierre.

La bête commence à chasser, se déplaçant avec une rapidité surnaturelle autour du campement. L'équipe est terrifiée, réalisant qu'ils sont la proie. « Nous devons nous barricader ! » s'exclame Julien, essayant de garder son calme.

Ils courent vers la caverne, la seule protection visible, et utilisent tout ce qu'ils peuvent trouver pour bloquer l'entrée. « Cela tiendra-t-il ? » demande Marie, en aidant à empiler des roches.

Pendant ce temps, le loup-garou attaque le campement, détruisant leurs tentes avec une facilité déconcertante. « Il est si rapide et puissant, » dit Thomas, observant par une petite ouverture entre les roches.

Julien se tourne vers son équipe, une réalisation sombre dans son regard. « Nous l'avons réveillé. C'est notre présence ici qui l'a tiré de son sommeil, » dit-il, la culpabilité pesant dans sa voix.

« Alors, que faisons-nous ? Comment lui échapper ? » demande Sarah, cherchant désespérément une solution. « Nous devons trouver un moyen de quitter cette île, » répond Julien, son esprit travaillant à toute vitesse.

Ils passent la nuit en alerte, écoutant les bruits extérieurs, espérant que le loup-garou ne trouve pas le moyen de pénétrer dans la caverne. Chaque craquement, chaque bruissement de vent les fait sursauter.

Au petit matin, alors que la lumière de l'aube commence à percer l'obscurité, le silence revient. « Est-il parti ? » demande Marie, osant à peine croire qu'ils ont survécu à la nuit.

Julien prend la décision d'explorer les environs. « Restez ici, je vais vérifier si le chemin est sûr, » dit-il, armé d'une torche. Les minutes passent, longues et angoissantes, jusqu'à ce qu'il revienne, soulagé. « Il n'est plus là. Nous devons saisir cette chance pour partir. »

L'équipe sort prudemment de la caverne, observant les dégâts causés par le loup-garou. Le campement est en ruines, mais leur détermination à survivre est intacte. « Nous devons trouver un abri sûr avant la tombée de la nuit, » dit Julien, guidant son équipe à travers l'île.

Alors qu'ils marchent, le poids de leur situation les accable. Non seulement ils doivent survivre dans un environnement inconnu et hostile, mais ils doivent également échapper à une créature de cauchemar. La journée s'annonce longue et périlleuse, mais ensemble, ils sont déterminés à trouver un moyen de quitter Kerguelen, vivants.

1. Aube - Dawn
2. Barricader - To barricade
3. Chasser - To hunt
4. Dégâts - Damages
5. Échapper - To escape
6. Éclairant - Illuminating
7. Enveloppe - Envelops
8. Hurlements - Howlings
9. Lisière - Edge
10. Loup-garou - Werewolf
11. Obscurité - Darkness
12. Pénétrer - To penetrate
13. Perçants - Piercing
14. Rapidité - Speed
15. Surnaturelle - Supernatural

La Traque

La lune éclaire à peine leur chemin tandis que l'équipe de scientifiques français court à travers la forêt dense de l'île de Kerguelen. Le souffle court, ils savent que le loup-garou les traque sans relâche. « Il est toujours derrière nous ! » crie Sarah, jetant des regards effrayés par-dessus son épaule.

La forêt semble s'étendre à l'infini, chaque arbre ressemblant au précédent, les plongeant dans une confusion totale. « Nous sommes perdus, » murmure Thomas, son espoir s'amenuisant.

Soudain, Julien s'arrête. « Regardez là-bas, un vieux refuge ! » dit-il, pointant une structure en ruine à travers les arbres. Ils s'y précipitent, poussant la porte qui grince sur ses gonds. À l'intérieur, ils trouvent un semblant de sécurité. « Peut-être qu'on peut se cacher ici, » propose Marie, espérant échapper à leur poursuivant.

Mais leur répit est de courte durée. Le loup-garou, guidé par un instinct infaillible, trouve leur cachette. Les grondements terrifiants de la bête résonnent à l'extérieur du refuge. « Il nous a trouvés ! » s'exclame Julien, cherchant désespérément une issue.

Sans autre choix, ils fuient à nouveau, quittant le précaire abri du refuge pour se lancer dans la nuit noire. Leur cœur bat à tout rompre, la peur les poussant à courir malgré leur épuisement.

« Il est inutile de le combattre, » dit Sarah, alors qu'ils s'arrêtent un moment pour reprendre leur souffle. « Nous devons trouver une autre façon de lui échapper. »

L'équipe acquiesce, réalisant que leur survie dépend de leur capacité à outrepasser le loup-garou plutôt qu'à le confronter directement. « Il doit y avoir un moyen, » dit Thomas, refusant de céder au désespoir.

Ils reprennent leur marche, chaque bruit de la forêt les faisant sursauter. « Que faire si on ne trouve pas de solution ? » demande Marie, sa voix trahissant sa peur.

Julien, toujours le leader, tente de rassembler ses pensées. « Nous devons continuer à bouger. Restons ensemble et restons forts. C'est notre meilleure chance. »

Leur quête de sécurité les pousse plus profondément dans l'île, chaque pas les éloignant du danger immédiat mais les rapprochant d'une incertitude totale. « Nous trouverons un moyen, » murmure Julien, plus pour se convaincre lui-même que pour rassurer son équipe.

Alors que l'aube commence à percer à travers les arbres, ils continuent leur fuite éperdue, déterminés à survivre à cette nuit d'horreur. La traque du loup-garou n'est pas seulement une course pour la survie, mais aussi une épreuve de leur volonté de vivre face à une terreur sans nom.

Dans cette lutte désespérée contre une force surnaturelle, l'équipe de scientifiques apprend la véritable signification du courage. Malgré leur peur, ils avancent, espérant contre toute attente trouver une issue à ce cauchemar. La traque continue, mais leur esprit reste indompté, cherchant sans cesse une échappatoire à leur sombre destin sur l'île de Kerguelen.

1. Abri - Shelter
2. Amenuisant - Diminishing
3. Cachette - Hiding place
4. Confusion - Confusion
5. Courte durée - Short-lived
6. Échapper - To escape
7. Éclaire - Illuminates
8. Épuisement - Exhaustion
9. Fuite - Flight, escape
10. Grondements - Growlings
11. Infaillible - Infallible
12. Lancer - To launch, to throw oneself
13. Poursuivant - Pursuer
14. Refuge - Refuge
15. Relâche - Relentlessly

La Peur

La peur s'était emparée de chaque membre de l'équipe de scientifiques. Chaque hurlement nocturne les faisait frissonner, la terreur s'insinuant profondément en eux. « Entendez-vous ça ? » chuchote Marie, sa voix tremblante. Les hurlements semblaient venir de partout, enveloppant le campement dans une atmosphère d'angoisse.

La situation avait également semé les graines de la paranoïa. Des regards soupçonneux étaient échangés autour du feu de camp. « Pensez-vous que l'un de nous... ? » commence Julien, mais il n'achève pas sa pensée, l'idée même étant trop horrible à envisager.

La fatigue rendait leur situation encore plus difficile. Le manque de sommeil, combiné à la peur constante, les avait tous affaiblis. « Je n'en peux plus de ces cauchemars, » murmure Thomas, se frottant les yeux rougis.

La nuit, leur imagination transformait chaque ombre en une menace imminente. « Là ! Avez-vous vu ? » s'exclame Sarah, pointant vers un buisson qui bougeait légèrement sous l'effet du vent. Chaque bruit, chaque mouvement les faisait sursauter, le moindre craquement de branche les poussant au bord de la panique.

La tension entre eux avait atteint un point de rupture. « Nous sommes tous dans le même bateau, » dit Julien, essayant de calmer les esprits. « Nous ne pouvons pas laisser la peur nous diviser. »

Mais l'isolement sur l'île et la menace constante du loup-garou les avaient poussés à leurs limites. « Je me sens comme si nous étions piégés ici, » confie Marie, regardant au-delà du campement, vers les ténèbres qui les entourent.

Le sentiment d'être traqués, d'être constamment sur le qui-vive, avait transformé leur mission scientifique en un cauchemar éveillé. « Nous devons trouver un moyen de quitter cette île, » déclare Thomas, sa détermination claire dans sa voix fatiguée.

Ils se rassemblent, unis par la nécessité de survivre. « Demain, nous chercherons un moyen de communiquer avec l'extérieur. Il doit y avoir un moyen, » propose Julien, essayant d'insuffler un peu d'espoir à son équipe.

La nuit tombe à nouveau sur l'île de Kerguelen, enveloppant le campement dans une obscurité oppressante. Les scientifiques se blottissent autour du feu, cherchant du réconfort dans sa lumière vacillante. « Nous passerons à travers cela, » murmure Sarah, bien qu'elle-même ne soit pas tout à fait convaincue.

Alors qu'ils se préparent à affronter une autre nuit d'incertitudes, l'équipe réalise que leur plus grand défi n'est pas seulement de survivre au loup-garou, mais de surmonter la peur qui les ronge de l'intérieur. Dans l'obscurité, ils se promettent de rester soudés, peu importe les épreuves à venir. La peur dominait leur cœur, mais ensemble, ils espéraient trouver la force de l'affronter.

1. Angoisse - Anguish
2. Blottissent - To huddle
3. Cauchemars - Nightmares
4. Chuchote - To whisper
5. Dominait - Dominated
6. Emparée - Seized
7. Enveloppant - Enveloping
8. Frémir - To shudder
9. Incertitudes - Uncertainties
10. Isolement - Isolation
11. Paranoïa - Paranoia
12. Qui-vive - On the alert
13. S'insinuant - Insinuating
14. Soupçonneux - Suspicious
15. Traqués - Hunted

La Séparation

Dans l'atmosphère tendue qui régnait au sein du groupe de scientifiques, une discussion animée éclate. « Nous ne pouvons pas continuer à fuir indéfiniment, » déclare Thomas, son regard déterminé. « Il est temps de faire face à ce loup-garou. »

Mais Sarah secoue la tête, visiblement inquiète. « C'est de la folie. Nous ne sommes pas des chasseurs. Notre meilleure chance est de trouver un moyen de quitter cette île. »

La discorde sème le doute parmi les autres membres. Les opinions divergent, et bientôt, le groupe se scinde en deux. Julien, essayant de maintenir un semblant d'unité, propose un compromis, mais il est clair que les deux camps ont des visions trop différentes pour s'accorder.

Ainsi, avec des cœurs lourds, ils se séparent en deux équipes : l'une menée par Thomas, décidée à affronter la bête, et l'autre par Sarah, déterminée à trouver une issue. « Soyez prudents, » murmure Julien à chacun, son regard traduisant son inquiétude pour ses amis.

Alors que la nuit enveloppe à nouveau l'île, chaque équipe poursuit son objectif sous le voile de l'obscurité. L'isolement pèse sur chacun d'eux, amplifiant leurs peurs les plus profondes.

Les hurlements du loup-garou résonnent à travers les arbres, semblant se rapprocher à chaque écho. « Il est là, » chuchote Marie, sa voix tremblante. Le danger, maintenant plus tangible que jamais, les pousse à accélérer le pas.

Le groupe de Thomas, armé de branches aiguisées et de courage, s'arrête à chaque bruit suspect, scrutant les ombres en quête de leur adversaire. « Nous devons être prêts, » dit Thomas, essayant d'insuffler du courage à ses compagnons.

Pendant ce temps, l'équipe de Sarah, munie de cartes et d'une boussole, tente de retrouver leur chemin vers la côte, espérant signaler un bateau de passage. « Il doit y avoir un moyen de sortir d'ici, » murmure Sarah, plus pour elle-même que pour les autres.

La tension atteint son paroxysme lorsque, séparément, chaque groupe réalise l'ampleur de la tâche à accomplir. La menace du loup-garou les pousse à leurs limites, testant leur volonté de survie.

Au cœur de la nuit, les deux équipes, bien qu'éloignées, partagent un même sentiment de solitude et de désespoir. Le danger qui rôde dans l'obscurité les unit dans une lutte silencieuse pour leur survie.

Alors que l'aube approche, avec elle l'espoir d'un nouveau départ, les scientifiques comprennent que malgré leurs différences, ils partagent un même destin. La séparation les a peut-être éloignés, mais leur détermination à surmonter les obstacles et à échapper à l'île maudite de Kerguelen reste inébranlable. La lutte continue, chaque équipe portant en elle la flamme d'un espoir fragile, prête à affronter les défis du jour nouveau.

1. Animée - Animated, lively
2. Boussole - Compass
3. Chasseurs - Hunters
4. Compromis - Compromise
5. Détermination - Determination
6. Discorde - Discord, disagreement
7. Échapper - To escape
8. Éloignés - Separated, distanced
9. Inquiète - Worried
10. Isolement - Isolation
11. Maudite - Cursed
12. Paroxysme - Climax, peak
13. Résonnent - Resound, echo
14. Scinde - Splits
15. Voile - Veil, cover

La Perte

La nuit enveloppait l'île de Kerguelen d'une obscurité presque palpable lorsque l'équipe de Thomas fut brutalement attaquée. Un rugissement terrifiant brisa le silence, suivi de cris de panique. « Courrez ! » hurla Thomas, mais il était déjà trop tard pour deux de ses amis, emportés dans l'ombre par la bête.

La nouvelle de l'attaque se répandit rapidement jusqu'à l'équipe de Sarah, le cœur lourd de peur et de tristesse. « Nous devons les retrouver, » dit-elle, la voix étranglée par l'émotion. Mais lorsqu'ils atteignirent le lieu de l'attaque, il ne restait que des traces de lutte désespérée et aucun signe de leurs camarades.

« Qu'est-ce qu'on va faire ? » murmura Marie, les larmes aux yeux. L'ampleur du danger qu'ils affrontaient devenait de plus en plus évidente, et le désespoir commençait à s'installer.

Soudain, un hurlement déchira la nuit, signalant que le loup-garou n'était pas loin. « Il vient pour nous ! » s'exclama Julien, son visage pâle sous l'effet de la terreur. Sans hésitation, ils se lancèrent dans une course effrénée à travers la forêt, espérant échapper à la mort qui semblait les poursuivre à chaque pas.

La poursuite était sans merci. Le loup-garou, implacable, réduisait rapidement la distance qui les séparait. « Par ici ! » cria Sarah, guidant son groupe vers un ravin qu'ils espéraient infranchissable pour leur poursuivant.

Mais le destin s'avéra cruel. Dans leur fuite désespérée, l'un d'eux trébucha et fut rapidement rattrapé par la bête. Ses cris résonnèrent dans la nuit, un sombre rappel de leur vulnérabilité face à une telle force.

Les survivants, épuisés et accablés par la perte, s'arrêtèrent enfin, le souffle court, réalisant l'horreur de leur situation. « Nous ne pouvons pas continuer comme ça, » dit Julien, la voix brisée par la douleur et la fatigue.

Sarah, les yeux emplis de larmes, regarda ses compagnons survivants. « Nous devons trouver une solution. Nous ne pouvons pas laisser leurs morts être vaines, » déclara-t-elle, tentant de rassembler le peu de courage qui leur restait.

Ils se réunirent, unis dans leur chagrin, et décidèrent de changer de tactique. « Nous devons être plus intelligents. Utilisons ce que nous savons de la bête contre elle, » proposa Thomas, déterminé à ne pas laisser d'autres amis tomber.

La nuit se termina dans un silence lourd, chacun perdu dans ses pensées, pleurant les disparus et méditant sur les prochaines actions. L'aube, lorsqu'elle arriva enfin, ne leur apporta aucun réconfort, seulement la lumière pour voir plus clairement l'étendue de leur désolation.

Mais avec la nouvelle journée vint aussi une nouvelle détermination. Ils ne pouvaient pas abandonner, pas après tout ce qu'ils avaient traversé. Ensemble, ils se préparèrent à affronter à nouveau le loup-garou, armés de leur intelligence, de leur courage, et du désir ardent de survivre.

1. Accablés - Overwhelmed
2. Arpent - Acre (unit of land area, used here metaphorically for traversing or covering distance)
3. Brutalement - Brutally
4. Déchira - Tore apart, ripped
5. Désespérée - Desperate
6. Échapper - To escape
7. Émotion - Emotion
8. Emportés - Carried away
9. Implacable - Relentless
10. Infranchissable - Impassable
11. Larmes - Tears
12. Obscurité - Darkness
13. Palpable - Palpable, tangible
14. Poursuite - Pursuit
15. Résonnèrent - Echoed

L'Impasse

Après une nuit sans sommeil, les survivants de l'équipe scientifique française se rassemblent au lever du jour, le visage marqué par l'épuisement et le désespoir. « Nous ne pouvons pas continuer à fuir, » dit Julien, la voix grave. « C'est ici que nous faisons notre dernier stand. »

Sans abri où se cacher, ils choisissent un espace ouvert, où ils commencent à préparer des pièges, espérant tirer avantage du terrain. « Mettez les pièges ici et là. Nous devons être prêts, » ordonne Thomas, en dirigeant l'installation des pièges rudimentaires qu'ils espèrent suffisants pour ralentir la bête.

À peine les premières lueurs de l'aube ont-elles percé l'horizon que le loup-garou lance son attaque, comme s'il avait attendu ce moment pour frapper. Sa silhouette imposante émerge de la forêt, ses yeux brillant d'une lueur malveillante.

Une bataille féroce s'ensuit. Les scientifiques utilisent tout ce qu'ils ont appris, tout ce qu'ils ont préparé, pour lutter contre la créature. « Prenez ça ! » crie Sarah en lançant un projectile improvisé vers le loup-garou, réussissant à blesser la bête. Un hurlement de douleur s'élève, mais loin de l'arrêter, cela ne fait qu'augmenter sa fureur.

Les pièges ralentissent sa progression, mais ne suffisent pas à stopper l'avancée inexorable du loup-garou. « Continuez à vous battre ! » hurle Julien, encourageant ses compagnons même alors que la peur et la fatigue les accablent.

Un par un, malgré leur vaillance, les membres de l'équipe tombent sous les assauts implacables de la bête. Chaque perte est un coup de poignard dans le cœur de ceux qui restent, chaque cri un rappel de leur situation désespérée.

Finalement, il ne reste plus que Julien, le souffle court, le regard fixé sur le loup-garou qui s'approche lentement de lui. « C'est donc la fin, » murmure-t-il, acceptant son sort avec une résignation sombre.

Le loup-garou se tient devant lui, immense, imposant, une incarnation de la terreur pure. Julien, rassemblant le dernier de son courage, se prépare à affronter la bête, même si au fond, il sait que la lutte est inégale.

« Pour mes amis, pour la science, » dit-il à voix basse, avant de charger vers son destin, déterminé à faire face à son adversaire avec tout ce qu'il lui reste. Le choc final est brutal, un dernier acte de résistance face à l'obscurité qui les a enveloppés depuis leur arrivée sur l'île.

La bataille se termine dans un silence soudain, la forêt reprenant son calme comme si rien ne s'était passé. Le soleil se lève entièrement, illuminant une scène de désolation où le courage et la peur se sont entremêlés dans une danse macabre.

L'île de Kerguelen, avec ses secrets et ses ombres, reste là, immuable, tandis que les échos de la lutte se dissipent lentement, ne laissant derrière eux que le souvenir d'une tragédie et le murmure du vent à travers les arbres.

1. Abri - Shelter
2. Accablent - Overwhelm

3. Avantage - Advantage
4. Bataille - Battle
5. Charger - To charge
6. Désolation - Desolation
7. Émerge - Emerges
8. Épuisement - Exhaustion
9. Implacables - Relentless
10. Inexorable - Inexorable
11. Lueur - Glow
12. Malveillante - Malevolent
13. Pièges - Traps
14. Ralentir - To slow down
15. Résignation - Resignation

La Fin

Dans l'aube naissante, le dernier survivant, Julien, se tient face au loup-garou, son cœur battant à tout rompre. Armé d'une simple branche aiguisée, il sait que ses chances sont minces. « Pour mes amis, pour tous ceux que nous avons perdus, » murmure-t-il, rassemblant son courage.

Le loup-garou avance, ses yeux luisant d'une lueur sauvage dans la lumière pâle du matin. Julien charge, poussant un cri déterminé, frappant de toutes ses forces. Mais le loup-garou esquive facilement, contre-attaquant avec une puissance terrifiante.

Le combat est brutal et bref. Julien lutte vaillamment, mais la bête est simplement trop forte. Chaque coup qu'il porte semble n'avoir aucun effet, tandis que chaque attaque du loup-garou le laisse plus faible, plus blessé.

Tombant à genoux, épuisé et gravement blessé, Julien comprend que la fin est proche. Des images de ses amis, de leurs moments ensemble sur cette île sauvage, défilent dans son esprit. « Je suis désolé, » souffle-t-il, une larme coulant sur sa joue.

Il lève les yeux vers le loup-garou, acceptant son destin avec une dignité tranquille. « Fais-le, » dit-il, sa voix un murmure presque inaudible.

Le loup-garou s'approche, son regard plongeant dans celui de Julien. Pour un instant, il semble y avoir une étincelle de compréhension, un moment de connexion silencieuse entre le prédateur et sa proie. Puis, dans un mouvement rapide, c'est terminé. Le loup-garou l'emporte, et le silence retombe sur l'île.

La nouvelle île de Kerguelen redevient silencieuse, comme si la nature elle-même marquait une pause pour honorer ceux qui sont tombés. Les arbres murmurent doucement dans le vent, et le soleil se lève pleinement, illuminant une scène de tranquillité trompeuse.

Dans cette tranquillité, il y a un sentiment de perte, mais aussi de paix. Les luttes de la nuit, les cris de terreur, ont cédé la place à un silence réfléchi. L'île, avec ses mystères et ses dangers, continue d'exister, indifférente aux drames humains qui se sont joués en son sein.

Et quelque part, dans l'immensité sauvage de Kerguelen, le loup-garou disparaît dans la forêt, laissant derrière lui seulement des légendes et des avertissements pour ceux qui oseraient perturber à nouveau son sommeil éternel.

La fin de cette tragique aventure laisse un écho dans le silence, une histoire de courage, de peur, et de sacrifice. Les ombres de Kerguelen garderont toujours les secrets de ceux qui sont venus, qui ont lutté, et qui ont finalement trouvé leur repos sur ses rives lointaines.

1. Aiguisée - Sharpened
2. Aube - Dawn
3. Combat - Fight
4. Connexion - Connection
5. Contre-attaquant - Counterattacking
6. Désolé - Sorry
7. Dignité - Dignity
8. Écho - Echo
9. Épuisé - Exhausted
10. Esquive - Dodge
11. Genoux - Knees

12. Lueur - Glow
13. Lumière pâle - Pale light
14. Murumure - Whisper
15. Tranquillité - Tranquility

L'Écho

L'île de Kerguelen, enveloppée dans son manteau de brume et de mystère, continue de se tenir fièrement au milieu des eaux tumultueuses de l'océan. Les récits de l'expédition perdue se sont transformés en légendes, murmurées par les vents qui traversent ses vallées sauvages.

« Tu as entendu parler de Kerguelen ? » demande un vieux marin à un jeune apprenti, alors qu'ils scrutent l'horizon depuis le pont de leur navire. « C'est une île où même les âmes les plus courageuses n'osent s'aventurer. Ils disent qu'un loup-garou y rôde, chassant sous la pleine lune. »

L'apprenti frissonne, son imagination s'embrasant à l'idée de la créature terrifiante qui hante les récits. « Personne n'a jamais essayé d'y retourner ? » questionne-t-il, la curiosité l'emportant sur la peur.

Le marin secoue la tête. « Non, mon garçon. Après ce qui s'est passé là-bas, personne n'a osé. La nature a repris ses droits, effaçant toute trace de ceux qui ont foulé son sol. »

Pendant ce temps, sur l'île, la vie continue indifférente. Les forêts denses et les plaines balayées par le vent ne gardent aucune trace de l'expédition humaine qui a tenté de percer ses secrets. Seuls les hurlements nocturnes de la bête rompent le silence, un sombre rappel de la tragédie qui s'est jouée.

Ces hurlements, portés par le vent à travers l'île, rappellent aux rares oiseaux et aux animaux sauvages qui y vivent les dangers cachés dans l'ombre. L'île, avec ses mystères et ses légendes, reste un sanctuaire inviolé, un monde à part où l'homme n'a pas sa place.

Ailleurs, le monde extérieur continue de tourner, ignorant les histoires de courage, de peur et de sacrifice qui se sont déroulées sur Kerguelen. Les nouvelles aventures, les découvertes et les tragédies remplacent peu à peu le souvenir de l'expédition dans les esprits des gens.

Mais parmi ceux qui connaissent l'histoire, qui ont entendu les récits transmis de génération en génération, l'écho de cette aventure tragique reste gravé dans les mémoires. Dans les veillées, autour des feux crépitants, les conteurs évoquent l'histoire de ces âmes courageuses qui ont affronté l'obscurité et l'inconnu.

« Et ainsi, l'île de Kerguelen demeure, un avertissement pour nous tous, » conclut le vieux marin, son regard perdu dans les vagues. « Un lieu où les légendes prennent vie, où les fantômes du passé murmurent encore leur histoire à ceux qui osent écouter. »

L'apprenti, captivé par le récit, promet de garder l'histoire dans son cœur, un rappel poignant de la force de la nature et de l'indomptable esprit d'aventure humain. Kerguelen, avec ses secrets et ses ombres, continue de hanter les rêves et les légendes, un mystère éternel qui défie le temps et la mémoire.

1. Apprenti - Apprentice
2. Aventure - Adventure
3. Brume - Mist
4. Courageuses - Brave
5. Crépitants - Crackling
6. Éternel - Eternal
7. Frissonne - Shivers
8. Hanter - Haunt
9. Imagination - Imagination
10. Indomptable - Indomitable
11. Légendes - Legends
12. Manteau - Cloak
13. Murmurées - Whispered
14. Sanctuaire - Sanctuary
15. Tumultueuses - Tumultuous

Le Mystère du Château Maudit

Le départ

Il était une fois un groupe de touristes français qui décidait de tenter une aventure peu commune : une sortie en yacht dans l'immensité bleue de la mer. L'excitation était palpable parmi eux, chacun partageant des rires et des histoires, anticipant les moments qu'ils allaient vivre ensemble.

"Regardez ! Le yacht est magnifique, n'est-ce pas ?" s'exclama Julie, les yeux brillants d'enthousiasme.

"Oui, j'ai tellement hâte de naviguer !" répondit Thomas, partageant son enthousiasme.

Le yacht quittait lentement la côte de Bretagne, glissant sur l'eau sous un ciel d'un bleu profond. Le temps semblait s'être arrêté, offrant aux voyageurs une journée parfaite pour leur sortie en mer.

"Il fait si beau aujourd'hui," dit Marie, prenant des photos du paysage marin.

"Oui, et regardez ces dauphins !" ajouta Luc, pointant vers un groupe de dauphins jouant non loin du yacht.

Le capitaine du yacht, un homme expérimenté avec un regard vif, leur parlait de la mer et des secrets de la navigation. "La mer est pleine de mystères. Chaque voyage est une nouvelle aventure," leur dit-il avec un sourire énigmatique.

Les touristes, captivés par ses histoires, écoutaient attentivement, tandis que le yacht continuait sa route, bercé par le chant des vagues. Ils décidèrent de manger un pique-nique sur le pont, se délectant de la fraîcheur de l'air marin.

"Ce pique-nique est délicieux, merci à tous pour ces bons plats !" s'exclama Sophie, appréciant la convivialité du moment.

Mais alors que la journée avançait, le ciel commença à changer. Des nuages noirs s'amoncelaient à l'horizon, apportant avec eux le présage d'une tempête soudaine.

"Regardez le ciel, il change," dit le capitaine, son ton devenant plus sérieux. "Nous pourrions rencontrer une tempête."

Les visages des touristes se teintèrent d'inquiétude. "Que devons-nous faire ?" demanda Julie, regardant le capitaine.

"Ne vous inquiétez pas, je vais nous mettre en sécurité. Mais préparez-vous, ça pourrait devenir un peu mouvementé," répondit-il, ajustant le cap du yacht.

Le vent commença à souffler plus fort, et les premières vagues agitées frappèrent le côté du yacht. Les rires et les conversations se turent, remplacés par le bruit grandissant de la tempête qui approchait.

"C'est ma première tempête en mer," dit Thomas, essayant de masquer son inquiétude.

"Nous serons bien. Faisons confiance au capitaine," répondit Marie, essayant de rassurer le groupe.

Alors que le yacht naviguait à travers les eaux de plus en plus tumultueuses, un sentiment d'aventure se mêlait à l'appréhension. Ce qu'ils ne savaient pas, c'était que cette tempête allait les conduire vers une aventure bien plus mystérieuse et terrifiante qu'ils ne l'avaient imaginé. La légende du Château Maudit était sur le point de devenir une réalité pour eux.

1. Aventure - Adventure
2. Yacht - Yacht
3. Palpable - Palpable
4. Anticiper - Anticipate
5. Naviguer - Navigate
6. Dauphins - Dolphins
7. Mystères - Mysteries
8. Pique-nique - Picnic
9. Convivialité - Conviviality
10. Tempête - Storm
11. Inquiétude - Worry
12. Mouvementé - Turbulent

La tempête

Le vent commença à souffler de plus en plus fort, et les vagues montaient, devenant de véritables montagnes d'eau. Le ciel s'assombrissait rapidement, transformant le jour en nuit.

"Accrochez-vous !" cria le capitaine aux touristes. "La tempête arrive !"

Les touristes se regardaient avec inquiétude, cherchant quelque chose à quoi s'accrocher. Le yacht était secoué violemment par les vagues, et la pluie battait le pont avec force.

"C'est vraiment effrayant," dit Julie, sa voix tremblante.

"Oui, mais nous devons rester calmes," répondit Thomas, essayant de la rassurer.

Le capitaine, concentré sur le gouvernail, essayait de naviguer à travers la tempête. "Nous allons nous en sortir," dit-il en essayant de calmer ses passagers. "Restez ensemble et gardez votre calme."

Mais malgré ses efforts, la tempête semblait devenir de plus en plus forte, et le yacht était de plus en plus difficile à contrôler. La visibilité était presque nulle, et ils perdirent rapidement leur sens de l'orientation.

"Où sommes-nous ?" demanda Marie, paniquée.

"Je ne sais pas... La tempête est trop forte !" répondit le capitaine, sa voix couverte par le bruit du vent et de la mer.

Les vagues gigantesques continuaient de frapper le yacht, et à chaque vague, ils craignaient que le bateau ne se retourne. L'angoisse était palpable, chacun réalisant qu'ils ne pouvaient pas retourner en arrière.

"Nous devons trouver un abri !" cria Luc au-dessus du bruit de la tempête.

Finalement, après des heures qui semblaient durer une éternité, le yacht fut poussé violemment par une vague immense et s'échoua sur une île rocheuse. Le choc fut brutal, mais le yacht resta entier.

"Tout le monde va bien ?" demanda le capitaine, se précipitant pour vérifier ses passagers.

"Oui, je crois," répondit Sophie, secouée mais soulagée d'être en vie.

Ils sortirent prudemment du yacht pour explorer leur nouvel environnement. L'île semblait déserte, entourée de rochers et de végétation dense. La tempête commençait à se calmer, laissant derrière elle un silence pesant.

"Qu'allons-nous faire maintenant ?" demanda Julie, regardant autour d'elle.

"Nous devons trouver un endroit pour nous abriter," dit le capitaine. "Et puis, nous verrons comment repartir d'ici."

Ils se mirent en marche, cherchant un abri sûr où passer la nuit. Mais ce qu'ils ne savaient pas, c'était que l'île cachait des secrets bien plus sombres que la tempête qu'ils venaient de traverser. Le mystère du Château Maudit n'était que le début de leur aventure.

1. Abri - Shelter
2. Assombrir - Darken
3. Capitaine - Captain
4. Échouer - Stranded
5. Effrayant - Frightening
6. Environnement - Environment
7. Gouvernail - Rudder
8. Inquiétude - Worry
9. Montagnes - Mountains
10. Naviguer - Navigate
11. Orientation - Orientation
12. Paniqué - Panicked
13. Secoué - Shaken
14. S'échoua - Ran aground

15. Tempête - Storm

L'île mystérieuse

Après s'être échoués sur cette île inconnue, les touristes, trempés jusqu'aux os et le cœur battant de peur, se regroupèrent sur la plage. Devant eux s'étendait une île couverte de rochers et d'une végétation clairsemée, sans aucun signe de présence humaine.

"Nous devons trouver un abri," dit Thomas, essayant de prendre les choses en main. "Regardons autour de nous."

Ils décidèrent d'explorer l'île malgré la fatigue et l'angoisse qui les enveloppaient. Marchant prudemment sur le terrain accidenté, ils trouvèrent bientôt des traces qui semblaient mener quelque part.

"Regardez ces traces," dit Marie, pointant vers le sol. "Elles mènent à ce vieux château là-bas."

Le château, imposant et visiblement abandonné, se dressait au milieu de l'île comme un gardien du passé. Son allure était à la fois majestueuse et sinistre.

"C'est notre meilleure chance de trouver un abri," dit le capitaine. "Allons-y."

Ils se dirigèrent vers le château, poussés par le besoin de se protéger du vent et de la pluie qui recommençait à tomber. Le château, avec ses grandes portes en bois vermoulu, semblait les attendre.

Une fois à l'intérieur, ils trouvèrent une grande salle avec une cheminée. "Essayons de faire un feu," proposa Luc. "Cela nous réchauffera et séchera nos vêtements."

Ils rassemblèrent du bois trouvé dans le château et, après plusieurs tentatives, réussirent à allumer un feu. La lumière et la chaleur du feu leur donnèrent un peu de réconfort.

"Nous sommes en sécurité ici, pour le moment," dit Sophie, s'asseyant près du feu.

Mais alors qu'ils commençaient à se détendre, des bruits étranges se firent entendre à travers les murs du château. Des craquements, des pas lointains, comme si quelque chose ou quelqu'un se déplaçait dans les ombres.

"Vous avez entendu ça ?" chuchota Julie, ses yeux s'écarquillant.

"Oui, je l'ai entendu," répondit Thomas, tendant l'oreille. "Cela vient de l'intérieur du château."

Le groupe se rapprocha, la peur visible sur leurs visages. "Qu'est-ce que cela pourrait être ?" murmura Marie.

"Peut-être le vent ?" suggéra Luc, bien que sa voix trahisse son scepticisme.

"Nous devrions rester ensemble et rester près du feu," conseilla le capitaine. "Quoi que ce soit, nous sommes plus en sécurité ici que dehors dans la tempête."

Malgré le feu qui crépitait, une froideur s'insinua dans la salle, non pas à cause de la tempête à l'extérieur, mais à cause de l'inconnu qui semblait hanter les couloirs sombres du château. Les bruits étranges continuaient, rappelant à chacun que, malgré l'abri trouvé, ils étaient loin d'être seuls sur cette île mystérieuse.

1. Abri - Shelter
2. Angoisse - Anguish
3. Cheminée - Fireplace
4. Clairsemée - Sparse
5. Craquements - Crackling sounds
6. Échoués - Stranded
7. Envelopper - To envelop
8. Inconnue - Unknown
9. Majestueuse - Majestic
10. Regrouper - To gather
11. Sécher - To dry
12. Sinistre - Sinister
13. Terrain accidenté - Rough terrain
14. Trempés - Soaked
15. Vermoulu - Rotten

La première nuit

Après avoir décidé de se réfugier dans le château, le groupe trouva des couvertures usées dans une vieille armoire poussiéreuse pour se protéger du froid. La grande salle, éclairée faiblement par le feu qui crépitait, leur offrait un semblant de sécurité. Mais alors qu'ils s'installaient pour essayer de dormir, des bruits de pas résonnèrent au-dessus de leurs têtes, rompant le silence de la nuit.

"Vous avez entendu ?" murmura Julie, sa voix trahissant sa peur.

"Oui, ça vient de l'étage," répondit Thomas, les yeux grands ouverts.

Essayer de dormir devint une tâche impossible. Chaque craquement, chaque sifflement du vent à travers les fissures du château leur rappelait qu'ils n'étaient pas seuls. Pire encore, des voix murmuraient dans l'obscurité, si faibles qu'ils se demandaient s'ils les imaginaient.

"Je n'aime pas ça... On dirait que quelqu'un nous regarde," chuchota Marie, se blottissant contre Luc.

Le sentiment d'être observés était oppressant, rendant l'atmosphère encore plus lourde. Soudain, une porte se ferma brusquement ailleurs dans le château, les faisant sursauter.

"C'était quoi ça ?!" s'exclama Sophie, sa voix montant malgré elle.

"Je ne sais pas... mais je n'ai pas envie d'aller voir," répondit Luc, serrant plus fort sa couverture.

Les heures passaient lentement, et malgré leur épuisement, le sommeil les fuyait. Les ombres semblaient danser le long des murs, formant des figures menaçantes qui disparaissaient dès qu'on tentait de les fixer.

"C'est juste notre imagination, n'est-ce pas ?" essaya de se convaincre Thomas, bien que son propre doute soit évident.

Le capitaine, essayant de maintenir un semblant de courage, répondit, "Peut-être... mais restons ensemble. C'est le plus important."

La nuit fut longue et pleine de peurs inexpliquées. Chaque membre du groupe se serrait contre les autres, cherchant du réconfort dans leur présence. Les bruits étranges, les murmures presque inaudibles, et les ombres mouvantes les tenaient éveillés, leur esprit en alerte.

Aucun d'eux ne trouva le sommeil cette nuit-là. Leur première nuit dans le château était marquée par une peur constante, un sentiment d'insécurité qui s'insinuait profondément dans leurs cœurs. Ils ne savaient pas ce que les prochains jours leur réservaient, mais une chose était claire : ils n'étaient pas seuls sur cette île, et le mystère du château maudit ne faisait que commencer à se dévoiler.

1. Armoire - Wardrobe
2. Blottissant - Snuggling
3. Craquement - Creaking
4. Éclairée - Lit
5. Fissures - Cracks
6. Murmura - Whispered
7. Obscurité - Darkness
8. Oppressant - Oppressive
9. Poussiéreuse - Dusty
10. Réfugier - Take refuge
11. Résonnèrent - Echoed
12. S'emblant - Semblance
13. Sifflement - Whistling
14. Trahissant - Betraying
15. Usées - Worn

Les explorations

Le lever du soleil apporta un peu de courage aux touristes qui, malgré une nuit sans sommeil et pleine d'angoisse, décidèrent d'explorer le château. Ils espéraient comprendre où ils étaient et peut-être découvrir un moyen de quitter l'île.

"Peut-être trouverons-nous des réponses ici," dit Thomas, en prenant la tête du groupe.

Leur première découverte fut une vieille bibliothèque, dont les étagères étaient couvertes de livres poussiéreux. Les pages jaunies semblaient renfermer les secrets du château, mais la langue était souvent trop ancienne et complexe pour qu'ils puissent comprendre.

"Regardez ce portrait," murmura Marie, attirant l'attention sur une peinture d'une famille noble. Les visages peints semblaient tristes, presque mélancoliques, comme si le peintre avait capturé leur désespoir éternel.

Alors qu'ils continuaient leur exploration, un bruit de chaînes les fit sursauter. Les cliquetis semblaient venir des couloirs sombres, se répercutant sur les murs de pierre.

"C'était quoi, ça ?" chuchota Julie, sa voix trahissant sa peur.

"Je ne sais pas... Continuons," répondit le capitaine, essayant de masquer son inquiétude.

Dans une des salles, ils découvrirent une tapisserie ancienne. En la touchant, Luc sentit une légère brise. Poussant la tapisserie de côté, ils trouvèrent une porte secrète.

"C'est incroyable !" s'exclama Sophie. "Où pensez-vous qu'elle mène ?"

Avec prudence, ils ouvrirent la porte, révélant des escaliers qui descendaient dans l'obscurité. Les souterrains sombres semblaient s'enfoncer profondément sous le château.

"Nous devrions être prudents," conseilla Thomas, alors qu'ils commençaient leur descente.

L'air dans les souterrains était glacial, et ils ne purent s'empêcher de sentir une présence froide autour d'eux, comme si quelque chose ou quelqu'un les observait depuis l'ombre.

Sur les murs, ils trouvèrent des inscriptions étranges, des symboles qui ne ressemblaient à aucune langue qu'ils connaissaient. "Qu'est-ce que cela pourrait signifier ?" murmura Marie, en examinant les marques.

Soudain, des cris lointains résonnèrent à travers les souterrains, les glaçant sur place.

"C'était un cri ! Nous ne sommes pas seuls !" s'exclama Julie, la panique dans la voix.

La décision fut prise rapidement : ils devaient retourner à la grande salle. Leur curiosité avait été remplacée par une peur viscérale, les poussant à remonter précipitamment les escaliers vers la lumière du jour.

Une fois de retour dans la relative sécurité de la grande salle, ils se regardèrent, se demandant s'ils avaient fait le bon choix en venant explorer ce château. Les mystères semblaient s'accumuler, chaque découverte apportant plus de questions que de réponses. Mais une chose était claire : le château cachait des secrets sombres, et ils étaient loin d'avoir découvert toute la vérité.

1. **Angoisse** - Anxiety
2. **Bibliothèque** - Library
3. **Chaînes** - Chains
4. **Cliquetis** - Clanking
5. **Couloirs** - Corridors
6. **Découverte** - Discovery
7. **Étagères** - Shelves
8. **Inscriptions** - Inscriptions
9. **Mélancoliques** - Melancholic
10. **Noble** - Noble
11. **Portrait** - Portrait
12. **Poussiéreux** - Dusty
13. **Souterrains** - Underground passages
14. **Tapisserie** - Tapestry
15. **Viscérale** - Visceral

Les disparitions

La matinée avait débuté avec une découverte alarmante : Luc avait disparu. Sans laisser de trace, comme avalé par le château lui-même. L'inquiétude se lisait sur le visage de chacun alors qu'ils commençaient à le chercher partout dans le château, appelant son nom dans l'espoir d'une réponse.

"Luc ! Où es-tu ?" criait Thomas, sa voix résonnant contre les murs de pierre.

Dans leur recherche, ils trouvèrent les vêtements de Luc près de la porte secrète menant aux souterrains, comme s'il avait été déshabillé de force.

"C'est pas possible... Comment a-t-il pu disparaître comme ça ?" murmura Julie, les yeux écarquillés d'effroi.

Alors qu'ils continuaient à chercher, des rires étranges et déplacés se faisaient entendre à travers le château, ajoutant une couche supplémentaire de terreur à leur situation déjà désespérée.

"Vous avez entendu ça ?" demanda Sophie, sa voix tremblante. "On dirait que quelqu'un se moque de nous."

Le sentiment d'être surveillés devenait de plus en plus oppressant, chaque ombre, chaque bruit leur faisant penser qu'ils n'étaient pas seuls. À l'extérieur, une tempête éclatait à nouveau, les enfermant dans le château avec leur prédateur invisible.

"Nous devons rester ensemble," dit le capitaine, essayant de garder son calme. "C'est notre meilleure chance de ne pas disparaître un par un."

En explorant le château à la recherche de Luc, ils trouvèrent d'autres objets personnels dispersés, comme si quelqu'un les avait laissés là pour les taquiner, ou pire, pour les attirer dans un piège.

"Regardez, c'est mon foulard !" s'exclama Marie, le reconnaissant parmi les objets. "Mais je ne l'avais pas perdu..."

La réalisation que quelque chose ou quelqu'un les traquait s'installa lourdement parmi eux. La peur devenait palpable, chaque coin sombre, chaque porte entrouverte pouvant cacher leur prochain cauchemar.

Alors que la nuit tombait, leur désespoir grandissait. Sans Luc et sans moyen de quitter l'île à cause de la tempête, ils se sentaient piégés, jouets d'une présence qu'ils ne pouvaient ni comprendre ni combattre.

"Qu'est-ce qu'on va faire ?" demanda Thomas, sa voix reflétant le sentiment d'impuissance qui les envahissait.

"Pour l'instant, essayons de trouver un endroit sûr où passer la nuit," répondit le capitaine. "Nous devons rester soudés."

Mais alors que l'obscurité enveloppait le château, leur imagination s'emballait, chaque bruit, chaque mouvement d'air leur semblant être l'annonce d'une nouvelle horreur. La disparition de Luc n'était que le début, et à mesure que la nuit progressait, ils se rendaient compte que leur lutte pour survivre ne faisait que commencer.

1. **Alarmante** - Alarming
2. **Chercher** - To search
3. **Désespérée** - Desperate
4. **Disparu** - Disappeared
5. **Éclatait** - Broke out
6. **Éffroi** - Terror
7. **Enfermant** - Locking in
8. **Inquiétude** - Worry
9. **Matinée** - Morning
10. **Obscurité** - Darkness
11. **Oppressant** - Oppressive
12. **Personnels** - Personal
13. **Prédateur** - Predator
14. **Résonnant** - Resounding
15. **Souterrains** - Underground

La nuit des âmes

Fort de leur récente révélation sur la malédiction qui pesait sur le château et ses anciens habitants, le groupe décida d'entreprendre un rituel pour apaiser définitivement les esprits restants. Ils comprirent que leur travail n'était pas encore terminé ; il restait des âmes en peine qui avaient besoin de leur aide pour trouver la paix.

"Nous devons rassembler ce dont nous avons besoin pour le rituel," dit Thomas, prenant les choses en main.

Ils parcoururent le château à la recherche d'objets qui pourraient servir à leur cérémonie : des bougies, des herbes trouvées dans les jardins oubliés, et de l'eau bénite qu'ils trouvèrent dans une vieille chapelle en ruine.

"Je pense que nous avons tout," dit Marie, vérifiant leur inventaire.

À minuit, ils commencèrent le rituel dans la grande salle, là où l'énergie semblait la plus forte. Les bougies allumées créaient des ombres dansantes sur les murs, et le silence était palpable.

Peu après avoir commencé, ils sentirent la présence des esprits autour d'eux. Le vent commença à souffler à l'intérieur de la salle, et des cris lointains remplirent l'air, créant une atmosphère à la fois terrifiante et sacrée.

Soudain, toutes les lumières s'éteignirent, plongeant la pièce dans une obscurité complète. "Qu'est-ce qui se passe ?" murmura Sophie, sa voix trahissant sa peur.

Une force invisible les poussa, les faisant trébucher. Puis, une voix, claire mais glaciale, leur parla dans l'obscurité : "Partez..."

Le rituel semblait avoir un effet, les liens entre les esprits et le château commençant à s'affaiblir. Mais alors qu'ils persistaient, espérant achever ce qu'ils avaient commencé, quelque chose tourna mal.

Un esprit malveillant, plus puissant et plus en colère que les autres, se révéla soudainement. Il manifesta sa présence par des secousses violentes du sol et une augmentation de la température de l'air.

"C'est quoi ça ?!" s'exclama Julie, terrorisée.

"Il ne veut pas qu'on l'aide !" réalisa le capitaine. "Il est en colère !"

L'esprit les attaqua, lançant des objets à travers la pièce et soufflant les bougies une par une. Leur cœur battait à tout rompre alors qu'ils essayaient désespérément de protéger le cercle qu'ils avaient formé.

"Nous devons finir le rituel !" cria Thomas, essayant de se faire entendre au-dessus du chaos.

Avec un courage qu'ils ne se connaissaient pas, ils continuèrent, récitant les paroles anciennes qui devaient libérer toutes les âmes. L'intensité de la lutte entre eux et l'esprit malveillant atteignit son paroxysme, jusqu'à ce que, finalement, une lumière blanche envahisse la salle.

Le calme revint aussi soudainement qu'il avait disparu. Les bougies se rallumèrent d'elles-mêmes, et l'air se refroidit à nouveau. L'esprit malveillant avait disparu, libéré ou vaincu par leur détermination.

Ils se regardèrent, épuisés mais soulagés, réalisant qu'ils avaient réussi à apaiser les dernières âmes en peine du château. Le silence qui suivit fut un témoignage de leur victoire, une paix tant méritée non seulement pour eux mais pour le château lui-même.

Mais alors qu'ils reprenaient leur souffle, une question demeurait : qu'était-il arrivé à Luc ? La réponse, ils le savaient, les attendait quelque part dans les ombres encore inexplorées du château.

1. Apaiser - To soothe
2. Atteindre - To reach
3. Bénite - Blessed
4. Cérémonie - Ceremony

5. Chapelle - Chapel
6. Énergie - Energy
7. Glaciale - Icy
8. Herbes - Herbs
9. Inventaire - Inventory
10. Malveillant - Malevolent
11. Obscurité - Darkness
12. Palpable - Palpable
13. Paroxysme - Climax
14. Rassembler - To gather
15. Révélation - Revelation

Sans fin

Les jours s'étiraient en semaines, et malgré tous leurs efforts, les touristes ne parvenaient pas à quitter l'île. Chaque nuit, les esprits, bien que plus calmes depuis la destruction de l'objet maudit, continuaient de les hanter, leur rappelant constamment qu'ils étaient désormais une partie intégrante de la malédiction qui pesait sur le château.

"Je n'arrive pas à croire qu'on est coincés ici," dit Marie, la voix empreinte de désespoir.

En explorant davantage le château, ils trouvèrent des journaux laissés par d'autres visiteurs qui, comme eux, s'étaient retrouvés piégés. Ces récits désolés ajoutèrent à leur sentiment de désolation, le château devenant de plus en plus leur prison.

"Ces gens... ils étaient comme nous. Ils ont essayé de partir, mais..." Julie ne put finir sa phrase, submergée par l'émotion.

Ils tentèrent d'envoyer des signaux de secours, fabriquant de grands feux sur la plage et construisant des signes visibles depuis le ciel, mais aucune aide ne vint. Leur espoir de retour commença lentement à disparaître, comme les flammes de leurs feux de détresse, éteintes par le vent et la pluie.

Un jour, en scrutant l'horizon, ils aperçurent d'autres bateaux échoués, témoins muets d'autres tragédies semblables à la leur.

"Nous ne sommes pas les premiers... et probablement pas les derniers," murmura le capitaine, son regard perdu dans le lointain.

Le château, avec ses couloirs sombres et ses salles vides, semblait se nourrir de leurs peurs et de leur désespoir, chaque pierre et chaque ombre leur rappelant qu'ils étaient loin de chez eux, perdus dans une histoire dont ils ne pouvaient s'échapper.

Finalement, ils acceptèrent leur sort. La résignation remplaça la peur, la lutte laissant place à l'acceptation. "Peut-être que c'est notre destin," dit Thomas, regardant ses amis. "Devenir une partie de l'histoire de ce lieu."

Ils continuèrent à vivre dans le château, apprenant à cohabiter avec les esprits qui, autrefois sources de terreur, étaient désormais les seuls compagnons dans leur solitude éternelle. Ils s'adaptèrent à leur nouvelle existence, explorant chaque recoin de leur prison, découvrant ses secrets et ses beautés cachées, une petite consolation dans leur infortune.

Le château, avec ses tours qui se dressaient fièrement contre le ciel, ses jardins sauvages où la nature reprenait ses droits, devint leur monde. Ils y laissèrent leur empreinte, ajoutant leurs propres histoires aux légendes murmurées par les vents qui traversaient les landes.

Et ainsi, les jours se fondirent en années, leur présence se tissant dans le tissu même du château. Les visiteurs suivants trouveraient leurs noms gravés sur les murs, leurs rires et leurs larmes imprégnant les pierres anciennes, un nouvel chapitre dans la longue et sombre histoire du château maudit, une histoire sans fin.

1. Désolation - Desolation
2. Empreinte - Imprint
3. Infortune - Misfortune
4. Landes - Moorland
5. Lointain - Distant
6. Résignation - Resignation
7. Signe de détresse - Distress signal
8. Témoins muets - Silent witnesses

9. Tissu - Fabric
10. Tragédie - Tragedy
11. Visibles - Visible

Les Cercles Cachés

La Visite

Une femme visite un petit village français. Elle marche dans les rues tranquilles et admire les maisons. Soudain, elle voit une vieille église au bout de la route. Elle est curieuse.

"Regardez cette église," dit-elle. "Elle a l'air si mystérieuse."

Elle décide de voir l'église de plus près. La porte en bois est ouverte. Elle entre.

"Dans l'église, il fait frais," pense-t-elle. "C'est calme ici."

Elle regarde autour d'elle. Les vitraux colorés, les bougies allumées. Puis, elle voit une porte secrète derrière l'autel.

"Où mène cette porte ?" se demande-t-elle.

Elle pousse la porte et trouve un escalier sombre.

"Je devrais explorer," dit-elle, un peu peur mais excitée.

Elle commence à descendre. L'escalier est étroit et les marches sont usées.

"Soudain, le sol disparaît sous mes pieds!" crie-t-elle en tombant dans l'obscurité.

Elle atterrit avec un petit cri. Elle se relève doucement.

"Où suis-je ?" Elle regarde autour. C'est un endroit étrange, comme un autre monde.

Elle entend une voix faible. "Bienvenue dans les cercles de l'enfer de Dante," murmure-t-elle.

"Qui est là ?" demande la femme.

"Je suis une âme perdue," dit la voix. "Tu dois trouver ton chemin pour sortir, ou tu resteras ici pour toujours."

La femme sent son cœur battre fort. "Je dois sortir," dit-elle.

"Pour sortir, tu dois traverser les cercles," explique la voix. "Chaque cercle a un défi."

La femme prend une grande respiration. "Je suis prête," dit-elle. "Je trouverai un moyen de sortir."

La voix disparaît, et elle est seule. Devant elle, un chemin s'ouvre dans l'obscurité.

"Je dois être courageuse," pense-t-elle. Elle fait le premier pas.

Cet endroit mystérieux est plein de secrets, mais elle est déterminée à trouver la sortie. Elle sait que le voyage sera difficile, mais elle est prête à affronter les défis. Avec chaque pas, elle s'enfonce dans l'aventure, prête à découvrir ce que chaque cercle lui réserve.

La femme avance lentement, ses yeux s'adaptant à l'obscurité. Elle peut voir que le chemin est long et inconnu. Mais son esprit est fort. Elle est prête pour l'aventure qui l'attend, déterminée à revenir dans le monde des vivants.

Ainsi commence son voyage à travers les cercles cachés, un voyage qui testera son courage, sa persévérance, et son désir de retourner à la lumière.

1. Aventure - Adventure
2. Bougie - Candle
3. Courage - Courage
4. Crie - Shout
5. Désir - Desire
6. Église - Church
7. Étrange - Strange
8. Marche - Step
9. Mystérieuse - Mysterious
10. Obscurité - Darkness
11. Perseverance - Perseverance
12. Pousse - Push
13. Regarde - Look
14. Tranquilles - Quiet
15. Vitraux - Stained glass

Le Premier Cercle

Elle marche lentement dans le premier cercle. Autour d'elle, il y a des ombres qui bougent et des murmures qui remplissent l'air.

"Qui êtes-vous ?" demande-t-elle à voix haute.

"Nous sommes des âmes perdues," répond une voix triste.

Une forme se matérialise devant elle, une silhouette floue mais humaine.

"Pourquoi êtes-vous ici ?" Elle regarde l'âme.

"Nous sommes coincés," explique l'âme. "Nous ne pouvons pas quitter cet endroit sans aide."

Elle fronce les sourcils. "Il y a un moyen de vous aider ?"

"Peut-être," dit une autre voix. "Mais tu dois d'abord passer un test."

"Un test ?" Elle est inquiète mais prête à essayer.

"Oui, une énigme. Si tu la résous, tu peux avancer," explique la première âme.

Elle hoche la tête. "D'accord. Quelle est l'énigme ?"

L'âme dit: "Je parle sans voix. Je vole sans ailes. Je coule sans eau. Qui suis-je ?"

Elle pense un moment. "C'est difficile..." Puis, une idée lui vient. "Le temps ! La réponse est le temps !"

"Exact," dit l'âme, un sourire dans sa voix. "Tu as résolu l'énigme."

Soudain, un chemin s'illumine devant elle. "Merci," dit-elle aux âmes. "Je dois continuer mon voyage."

"Adieu," murmurent les âmes. "Sois courageuse."

Elle se tourne vers le chemin ouvert et commence à marcher vers le deuxième cercle. Son cœur bat fort. Elle se sent plus courageuse maintenant, prête à affronter ce qui l'attend.

À chaque pas, elle se rappelle pourquoi elle doit continuer. "Je trouverai la sortie," se promet-elle. "Je ne laisserai pas cet endroit me vaincre."

Le premier cercle lui a enseigné l'importance de la réflexion et du courage. Elle sait que chaque cercle sera un défi, mais elle est déterminée à surmonter tous les obstacles.

"Le deuxième cercle m'attend," pense-t-elle. "Quels mystères vais-je découvrir ?"

Elle avance, laissant derrière elle le premier cercle et ses ombres, emportant avec elle les leçons apprises. Son aventure dans les cercles cachés continue, chaque pas la rapprochant de son but ultime : retrouver le monde des vivants.

1. Aventure - Adventure
2. Cercle - Circle
3. Coincés - Stuck
4. Continuer - Continue
5. Courage - Courage
6. Courageuse - Courageous
7. Énigme - Riddle
8. Forme - Shape
9. Inquiète - Worried
10. Marcher - Walk
11. Murmures - Whispers
12. Ombres - Shadows
13. Perdues - Lost
14. Réflexion - Reflection
15. Silhouette - Silhouette

Le Deuxième Cercle

Dès qu'elle entre dans le deuxième cercle, elle est accueillie par des vents violents. Elle se courbe et avance difficilement, luttant contre le souffle puissant qui semble vouloir la repousser.

"Aidez-moi !" crie une voix faible à travers le vent.

Elle s'arrête, cherchant d'où vient l'appel. Près d'elle, une âme tourmentée lutte aussi contre le vent.

"Comment puis-je vous aider ?" crie-t-elle contre le vent.

"Je suis perdu," dit l'âme. "Je ne sais pas comment avancer."

Elle réfléchit un instant, puis prend la main de l'âme. Ensemble, elles avancent pas à pas, se soutenant mutuellement contre les rafales.

"Merci," dit l'âme, une fois qu'elles trouvent un abri derrière un grand rocher.

"C'est normal," répond-elle, reprenant son souffle. "On doit s'entraider."

Dans l'abri, son regard se pose sur un objet brillant par terre. C'est un petit médaillon sur lequel est gravé un mot : "compassion".

"La compassion," murmure-t-elle. "C'est la clé pour avancer."

Elle réalise que dans cet enfer, montrer de la compassion envers les autres pourrait être la manière de surmonter les obstacles.

Armée de cette nouvelle compréhension, elle continue son chemin, offrant son aide à d'autres âmes qu'elle rencontre. Chaque acte de gentillesse rend le vent moins féroce, jusqu'à ce qu'il cesse complètement.

Finalement, elle atteint la fin du deuxième cercle. Elle regarde en arrière, voyant le chemin qu'elle a parcouru grâce à la compassion. Elle se sent prête pour le troisième cercle, sachant que chaque cercle lui enseigne une nouvelle leçon sur elle-même et sur la nature de l'humanité.

"Le troisième cercle m'attend," dit-elle avec détermination. "Je suis prête pour ce qui vient ensuite."

Avec chaque cercle, elle se rapproche de son but, armée des leçons apprises en chemin. La compassion, elle comprend maintenant, est plus puissante que n'importe quel vent violent ou défi qu'elle pourrait rencontrer.

Elle avance avec confiance vers le troisième cercle, prête à faire face à de nouveaux défis et à apprendre de nouvelles leçons. Son voyage dans les cercles cachés continue, chaque étape la rapprochant de la lumière et du retour parmi les vivants.

1. Abri - Shelter
2. Âme - Soul
3. Armée - Armed
4. Avancer - To move forward
5. Cercle - Circle
6. Compassion - Compassion
7. Confiance - Confidence
8. Défi - Challenge
9. Détermination - Determination
10. Enfer - Hell
11. Féroce - Fierce
12. Humanité - Humanity
13. Médaillon - Medallion
14. Rafales - Gusts
15. Tourmentée - Tormented

Le Troisième Cercle

En entrant dans le troisième cercle, elle est immédiatement frappée par le froid mordant. Le sol est couvert de glace, rendant chaque pas dangereux. Elle marche prudemment, mais soudain, ses pieds glissent et elle tombe sur le sol froid.

"Ça va ?" demande une voix près d'elle.

Elle lève les yeux pour voir une âme gelée lui tendre la main. Elle accepte l'aide et se remet debout.

"Merci," dit-elle, frissonnant.

"Prends ça," dit l'âme, lui donnant un manteau épais.

Elle enfile le manteau et sent immédiatement sa chaleur. "Il est magique ?" demande-t-elle, étonnée.

"Oui," répond l'âme avec un sourire triste. "Il te protégera du froid."

Armée de ce nouveau manteau, elle continue son chemin avec plus de confiance. La glace semble moins menaçante maintenant, et elle avance avec prudence, évitant les zones les plus glissantes.

Après un moment, elle aperçoit une lumière au loin. Elle s'approche et découvre un feu de camp avec plusieurs âmes rassemblées autour.

"Venez vous réchauffer," l'une d'elles l'invite.

Elle s'assoit près du feu, appréciant sa chaleur. Autour du feu, les âmes partagent leurs histoires, parlant de leurs vies passées et de comment elles ont fini ici.

"Et toi ?" demande une âme. "Comment es-tu arrivée dans ce lieu ?"

Elle raconte brièvement son histoire, de sa chute dans les cercles de l'enfer à sa quête pour trouver la sortie.

"C'est courageux," dit une autre âme, admirative.

Ensemble, ils discutent des moyens de traverser le cercle. Avec l'aide de ses nouveaux amis, elle découvre un passage caché menant hors du troisième cercle.

"Il est temps de continuer," dit-elle, se levant.

Les autres acquiescent. "Nous avons chacun notre chemin à suivre," dit l'un d'eux. "Mais nous ne t'oublierons pas."

"Ni moi," répond-elle, touchée par leur gentillesse.

Ils se séparent aux abords du cercle, chacun prenant une direction différente. Elle regarde ses amis s'éloigner, reconnaissante pour leur aide et leur compagnie, même si ce n'était que pour un court moment.

Avec le manteau magique pour la protéger et les souvenirs de l'amitié pour la réchauffer, elle se sent prête à affronter les prochains défis. Le troisième cercle lui a enseigné la valeur de l'entraide et la chaleur humaine, même dans les endroits les plus froids.

Elle avance vers le quatrième cercle, son esprit et son cœur un peu plus lourds, mais aussi plus forts. Le voyage continue, chaque cercle lui apportant de nouvelles leçons et la rapprochant un peu plus de son but ultime.

1. Acquiescent - Agree
2. Aperçoit - Spots
3. Armée - Armed
4. Chaleur - Warmth
5. Chemin - Path
6. Compagnie - Company
7. Couvert - Covered
8. Enfiler - To put on
9. Entourage - Surroundings
10. Frissonnant - Shivering
11. Gelée - Frozen
12. Manteau - Coat
13. Mordant - Biting
14. Prudemment - Carefully
15. Réchauffer - To warm up

Le Quatrième Cercle

Le quatrième cercle se révèle être un immense labyrinthe. Dès qu'elle y entre, le chemin se tord et se tourne de manière déroutante. Elle avance avec prudence, consciente du défi qui l'attend.

À peine a-t-elle fait quelques pas qu'elle entend des bruits effrayants. Des monstres gardent les passages, leurs yeux brillants dans l'obscurité.

"Qui va là ?" gronde l'un d'eux, sa voix résonnant contre les murs du labyrinthe.

Elle recule, cherchant à éviter les monstres. "Je dois passer sans être vue," murmure-t-elle pour elle-même.

Alors qu'elle cherche un chemin sûr, elle remarque un fil brillant sur le sol. Avec espoir, elle décide de le suivre, pensant qu'il pourrait la mener à la sortie.

Le fil la conduit à travers des passages complexes, mais elle remarque bientôt qu'il la mène aussi près de scintillants trésors. Elle s'approche d'une pile de pièces d'or, mais se souvient soudainement des paroles d'une âme amie : "Fais attention aux illusions."

"Ce sont des pièges," réalise-t-elle. Elle décide d'ignorer les trésors et de se concentrer sur le fil.

Après un long moment, elle arrive finalement à une porte cachée. C'est la sortie du labyrinthe. Elle pousse un soupir de soulagement.

"J'ai appris quelque chose d'important ici," dit-elle à haute voix. "L'humilité. Les vraies richesses ne sont pas celles qu'on peut toucher."

Avec cette leçon en tête, elle franchit la porte, quittant le labyrinthe derrière elle. Elle sait maintenant que les défis qu'elle rencontre lui enseignent des valeurs précieuses.

"Vers le cinquième cercle," se dit-elle avec détermination. Elle est prête à affronter de nouveaux défis, armée de l'humilité et de la sagesse acquises dans le labyrinthe.

Le voyage à travers les cercles de l'enfer lui montre non seulement les ténèbres qui existent, mais aussi la lumière qu'elle peut trouver en elle-même. Chaque cercle, avec ses épreuves et ses leçons, la façonne et la prépare pour ce qui l'attend.

Ainsi, elle continue, pas après pas, cercle après cercle, chaque expérience l'enrichissant et la guidant vers la lumière au bout de son voyage.

1. Acquises - Acquired
2. Armée - Armed
3. Cercle - Circle
4. Consciente - Aware

5. Défi - Challenge
6. Déroute - Bewilderment
7. Épreuves - Trials
8. Façonne - Shapes
9. Franchit - Crosses
10. Humilité - Humility
11. Labyrinthe - Labyrinth
12. Monstres - Monsters
13. Passages - Passages
14. Pièces d'or - Gold coins
15. Soulagement - Relief

Le Cinquième Cercle

Devant elle s'étend le cinquième cercle, un vaste lac de feu. Les flammes dansent sous un ciel sombre, projetant une lueur inquiétante sur tout ce qu'elles touchent. La chaleur est accablante, mais elle sait qu'elle doit traverser pour continuer son voyage.

En cherchant un moyen de passer, elle trouve un petit bateau échoué sur la rive. "C'est ma chance," pense-t-elle en poussant l'embarcation dans le lac embrasé.

À peine a-t-elle commencé à ramer qu'elle entend des cris furieux. Des âmes en colère émergent des flammes, leurs visages déformés par la douleur et la rage. Elles se dirigent vers le bateau, menaçantes.

"Pourquoi êtes-vous en colère ?" crie-t-elle, tentant de garder son calme.

"Nous sommes piégées ici !" répond l'une d'elles, sa voix portée par le vent chaud.

Elle respire profondément, cherchant les mots justes. "Je comprends votre douleur, mais la colère ne vous libérera pas. Il y a toujours de l'espoir."

Contre toute attente, ses mots semblent avoir un effet. Les âmes s'apaisent peu à peu, leur colère cédant la place à un silence pensif.

Encouragées par son discours, elles se retirent et laissent le bateau poursuivre son chemin.

Épuisée par l'effort et la chaleur, elle atteint enfin l'autre rive. Son corps et son esprit sont fatigués, mais elle refuse de s'arrêter maintenant. En cherchant de quoi se rafraîchir, elle trouve une source d'eau fraîche. Après avoir bu, un regain d'énergie la traverse. "Je peux continuer," se dit-elle avec un nouveau souffle.

Levant les yeux, elle aperçoit au loin la lumière qui marque l'entrée du sixième cercle. Malgré la fatigue, une lueur d'espoir brille en elle. "Je suis plus proche de la fin," murmure-t-elle.

La traversée du lac de feu lui a enseigné la puissance de la compassion et la force des mots. Elle réalise que même dans les moments les plus sombres, un geste de gentillesse peut apporter la lumière.

Avec cette nouvelle leçon gravée dans son cœur, elle se dirige vers le sixième cercle, prête à affronter les prochains défis. Sa détermination est inébranlable, chaque cercle traversé renforçant sa volonté de vaincre et de retourner dans le monde des vivants.

La route est encore longue, mais elle avance avec courage, sachant que chaque épreuve surmontée la rapproche un peu plus de son but ultime.

1. Accablante - Overwhelming
2. Aperçoit - Spots
3. Bateau - Boat
4. Colère - Anger
5. Détermination - Determination
6. Embrasé - Ablaze
7. Énergie - Energy
8. Esprit - Mind
9. Flammes - Flames
10. Geste - Gesture
11. Lueur - Glimmer
12. Menace - Threat
13. Poussant - Pushing

14. Rafraîchir - Refresh

15. Rame - Oar (verb form: to row)

Le Sixième Cercle

Le sixième cercle se révèle être un désert sans fin. Sous un soleil brûlant, elle avance, ses pas laissant de petites empreintes dans le sable chaud. La chaleur est écrasante, chaque souffle est un combat.

Alors qu'elle marche, elle rencontre des âmes errantes, leurs visages marqués par la soif. "De l'eau, s'il vous plaît," supplient-elles d'une voix faible.

Elle n'hésite pas et partage l'eau qu'elle a trouvée, soulageant leur soif. "Merci," murmurent-elles avec gratitude.

Une de ces âmes s'approche d'elle. "Pour te remercier, laisse-moi te donner un conseil," dit-elle. "Cherche l'oasis cachée. Elle te donnera la force de continuer."

Intriguée et reconnaissante, elle remercie l'âme et se met en quête de cet oasis. Après des heures sous le soleil implacable, elle trouve enfin un jardin verdoyant caché entre les dunes. L'oasis est un véritable havre, ses eaux claires et fraîches, ses palmiers offrant une ombre bienvenue.

Elle s'installe près de l'eau, permettant à son corps et à son esprit de se reposer. "C'est un miracle," pense-t-elle, en regardant autour d'elle.

Pendant qu'elle récupère, elle explore l'oasis et découvre un passage secret, dissimulé derrière une chute d'eau. Curieuse et revigorée, elle décide de le suivre.

Le passage est sombre et étroit, mais elle avance avec confiance, guidée par l'espoir et la promesse d'un chemin vers le septième cercle. Après un moment, elle émerge dans une nouvelle zone, marquant la fin du sixième cercle.

"Je me sens renouvelée," dit-elle à haute voix. Le repos dans l'oasis lui a redonné espoir et énergie pour affronter les défis à venir.

Avec une nouvelle détermination, elle regarde devant elle, prête à continuer son voyage à travers les cercles infernaux. Chaque cercle traversé la rapproche de son objectif, et elle sait maintenant qu'elle possède la force et la sagesse nécessaires pour surmonter les obstacles qui l'attendent.

"Le septième cercle m'attend," pense-t-elle. "Peu importe ce qui m'attend, je suis prête."

Ainsi, son voyage continue, un pas après l'autre, chaque épreuve la rendant plus forte. La générosité partagée dans le désert et le repos trouvé dans l'oasis lui ont enseigné l'importance de l'entraide et du soin de soi. Avec ces leçons en cœur, elle avance, prête à affronter tout ce que l'enfer a encore à lui offrir.

1. Accablante - Overwhelming
2. Confiance - Confidence
3. Désert - Desert
4. Empreintes - Footprints
5. Épuisée - Exhausted
6. Errantes - Wandering
7. Gratitude - Gratitude
8. Havre - Haven
9. Implacable - Relentless
10. Infernaux - Infernal
11. Oasis - Oasis
12. Palmiers - Palm trees
13. Reconnaissante - Grateful
14. Renouvelée - Renewed
15. Supplient - Beg

Le Septième Cercle

Le septième cercle l'accueille avec des murs de flammes si hauts qu'ils semblent toucher le ciel. La chaleur est intense, et elle sait qu'elle doit trouver un moyen de traverser sans se blesser.

En cherchant aux alentours, elle découvre un bouclier abandonné, incrusté de pierres qui brillent d'une lumière étrange. "Ceci doit être magique," pense-t-elle en le ramassant. Lorsqu'elle s'approche des flammes avec le bouclier devant elle, elle réalise que le feu se détourne, laissant un passage sûr.

Alors qu'elle avance, elle rencontre des âmes engagées dans une bataille sans fin, leurs cris de douleur et de colère remplissant l'air. "Pourquoi vous battez-vous ?" crie-t-elle pour être entendue au-dessus du fracas.

Une âme s'arrête et la regarde. "Nous sommes coincés ici, dans un combat éternel, à moins que quelqu'un nous montre le chemin de la paix."

Inspirée par ces mots, elle lève son bouclier et traverse courageusement les flammes, montrant par l'exemple que la bravoure peut ouvrir un chemin là où il semblait n'y en avoir aucun.

En voyant son acte de courage, une âme piégée dans les liens de la colère trouve la force de demander de l'aide. "S'il te plaît, libère-moi de ce combat," supplie-t-elle.

Elle s'approche, utilisant le bouclier pour protéger l'âme des flammes, et avec un geste de bonté, elle brise les chaînes qui l'entravent. "Tu es libre," dit-elle doucement.

À cet instant, un chemin s'ouvre dans les flammes, révélant la sortie du septième cercle. "Ta bravoure a été la clé," murmure l'âme libérée, avant de disparaître dans l'air.

Elle se tient là un moment, réalisant que chaque acte de courage et de gentillesse la rend plus forte. Une force intérieure grandit en elle, une conviction que malgré les obstacles, elle peut trouver le chemin vers la lumière.

Avec une détermination renouvelée, elle se dirige vers le huitième cercle. Les épreuves du septième cercle lui ont enseigné que la bravoure ne consiste pas à ne pas avoir peur, mais à affronter ses peurs et à aider les autres, même dans les endroits les plus sombres.

"Le huitième cercle m'attend," se dit-elle en ajustant le bouclier sur son bras. "Quels que soient les défis, je suis prête."

Chaque cercle, avec ses dangers et ses leçons, la façonne en une guerrière de la lumière, prête à affronter l'obscurité avec courage et compassion. Elle avance, sachant que chaque pas la rapproche de son objectif ultime : retrouver sa place dans le monde des vivants.

1. Abandonné - Abandoned
2. Bataille - Battle
3. Bravoure - Bravery
4. Chaînes - Chains
5. Colère - Anger
6. Combat - Fight
7. Détermination - Determination
8. Détourne - Diverts
9. Épreuves - Trials
10. Flammes - Flames
11. Guerrière - Warrior
12. Incrusté - Inlaid
13. Libérer - Free
14. Obstacles - Obstacles
15. Ramasser - To pick up

Le Huitième Cercle

Le huitième cercle est enveloppé dans une obscurité si profonde qu'elle semble pouvoir être touchée. À peine a-t-elle fait un pas que des voix s'élèvent autour d'elle, murmurant des promesses et des mensonges.

"Viens ici, nous te montrerons le chemin," susurre une voix.

"Non, écoute-moi, je sais où est la sortie," dit une autre, plus persuasivement.

Elle s'arrête, fermant les yeux pour se concentrer. "Je ne dois pas me laisser tromper," se dit-elle. Sa résolution est son bouclier contre les tromperies.

C'est alors qu'une faible lumière apparaît au loin, comme une étoile dans la nuit. Elle décide de suivre cette lueur, espérant qu'elle la mènera à la vérité.

Tandis qu'elle avance, les âmes tentent de la détourner de son chemin, leurs paroles se faisant plus désespérées. Mais elle reste focalisée sur la lumière, sa détermination la protégeant contre leurs ruses.

"S'il vous plaît, aidez-nous," implore une âme, tentant de l'attirer avec compassion.

Elle s'arrête, son cœur tiraillé. "Je veux aider, mais je ne peux pas perdre mon chemin," répond-elle fermement, reconnaissant la tromperie dans les paroles de l'âme.

Continuant son chemin, elle trouve au sol une clé éclatante d'une lumière pure. Avec un sentiment d'espoir, elle la ramasse. La clé semble vibrer d'une énergie, comme si elle était destinée à elle.

Peu après, elle arrive devant une porte massive, les ténèbres autour d'elle se densifiant. Elle insère la clé dans la serrure, et la porte s'ouvre lentement, révélant un passage lumineux.

"Je suis presque à la fin," murmure-t-elle, un soulagement mêlé d'anticipation dans sa voix. Elle traverse le seuil, la lumière enveloppant son être, chassant les ombres et le doute.

Elle se tient maintenant à l'entrée du dernier cercle, le cœur battant d'excitation et de nervosité. "C'est le dernier défi," se dit-elle, respirant profondément pour calmer ses nerfs.

L'expérience du huitième cercle lui a appris la valeur de la confiance en soi et la nécessité de distinguer la vérité des mensonges. Armée de cette sagesse, elle se sent prête à affronter ce qui l'attend, sachant que chaque épreuve surmontée l'a préparée pour ce moment.

"Peu importe ce qui m'attend, je trouverai mon chemin de retour à la maison," promet-elle, avançant avec une confiance renouvelée. Le voyage à travers les cercles de l'enfer lui a montré sa propre force et courage, et maintenant, elle est prête à compléter son voyage et à retourner dans le monde des vivants.

1. Anticipation - Anticipation
2. Bouclier - Shield
3. Confiance - Confidence
4. Détourner - To divert
5. Éclatante - Radiant
6. Enveloppé - Enveloped
7. Épreuve - Trial
8. Implore - Begs
9. Lueur - Glimmer
10. Mensonges - Lies
11. Nervosité - Nervousness
12. Obscurité - Darkness
13. Persuasivement - Persuasively
14. Ruses - Tricks
15. Tromperies - Deceptions

Le Neuvième Cercle et le Retour

Le neuvième cercle se révèle être un vaste champ de glace, chaque souffle transformant l'air en un brouillard de givre. Au centre, se tient le gardien du cercle, une figure imposante armée d'une épée de glace.

"Qui ose traverser mon cercle ?" rugit le gardien, sa voix résonnant comme le tonnerre.

C'est avec une détermination inébranlable qu'elle répond, "C'est moi. Je cherche le chemin du retour."

Le gardien se prépare au combat, et elle sait qu'elle doit utiliser tout ce qu'elle a appris au cours de son voyage pour le vaincre. La lutte est acharnée, le gardien usant de sa force surhumaine, mais elle esquive et réplique avec agilité.

Puisant dans sa réserve de courage et d'intelligence, elle parvient à désarmer le gardien, utilisant une stratégie plutôt que la force brute. "J'ai appris bien plus que comment combattre," déclare-t-elle, le regard fixé sur son adversaire vaincu.

Avec la chute du gardien, une porte de lumière s'ouvre soudainement, baignant le champ de glace d'une chaleur réconfortante. Sans hésitation, elle traverse la porte, sentant une énergie la soulever.

Lorsqu'elle ouvre les yeux, elle se retrouve à l'extérieur de l'église, le soleil brillant haut dans le ciel. Le village, une fois familier, semble maintenant différent, comme si elle le voyait pour la première fois. Les couleurs sont plus vives, l'air plus doux, et les visages des villageois, autrefois des étrangers, lui sourient chaleureusement.

Elle marche à travers le village, sentant en elle un changement profond. Elle n'est plus la même personne qui a pénétré dans l'église; elle est maintenant plus forte, plus sage, transformée par son voyage à travers les cercles de l'enfer.

Les villageois, intrigués par son apparence changée, l'entourent, demandant où elle était passée. Avec humilité et fierté, elle partage son histoire, racontant chaque cercle, chaque défi, et chaque leçon apprise.

"Ses paroles sont comme des graines de courage et de sagesse, semées dans nos cœurs," murmurent les villageois, émerveillés.

Avec le temps, son histoire se propage bien au-delà du village, devenant une légende. On parle de la femme qui a traversé les cercles de l'enfer, affronté ses peurs, et en est revenue transformée.

Mais pour elle, la plus grande récompense n'est pas la renommée ou l'admiration de ceux qui entendent son histoire. C'est la connaissance qu'elle a surmonté l'impossible, qu'elle a trouvé la lumière dans l'obscurité, et qu'elle a changé non seulement son propre destin, mais aussi celui de ceux autour d'elle.

Elle vit désormais avec une nouvelle perspective, appréciant chaque moment, chaque rencontre, sachant que même dans les défis les plus sombres, il y a toujours une lumière, un chemin vers la maison.

1. Acharnée - Fierce
2. Adversaire - Opponent
3. Brouillard - Fog
4. Chaleur - Warmth
5. Détermination - Determination
6. Ébranlable - Unshakable
7. Éclatante - Radiant
8. Épée - Sword
9. Givre - Frost
10. Glorieuse - Glorious
11. Imposante - Imposing
12. Inébranlable - Unwavering
13. Perspective - Perspective
14. Réconfortante - Comforting
15. Rugit - Roars

Les Ombres des Mines du Roi Salomon

La Découverte

Dans l'immensité brûlante de l'Afrique, un groupe de mercenaires expérimentés atterrit avec une mission qui va au-delà de l'ordinaire. Leur chef, Marc, un homme durci par de nombreuses batailles, rassemble son équipe autour d'un feu de camp sous le ciel étoilé.

"Écoutez," commence Marc, "nous sommes ici pour plus qu'une simple mission. Il y a une légende, celle d'un journal perdu d'Alan Quatermain. Ce journal pourrait nous mener aux célèbres mines du roi Salomon."

Les yeux de l'équipe s'illuminent, certains par l'excitation, d'autres par le scepticisme. Jean, le plus jeune membre, pose la question que tous ont en tête : "Mais, est-ce que ces mines existent vraiment ?"

"Les rumeurs disent oui," répond Marc. "Demain, nous commençons notre recherche. Interrogeons les locaux pour des indices."

Le lendemain, après avoir interrogé plusieurs villageois avec une curiosité teintée de prudence, ils découvrent une vieille cabane abandonnée. À l'intérieur, sous un amas de poussière et de toiles d'araignées, ils trouvent le journal tant recherché.

"Je l'ai trouvé !" s'exclame Lisa, la spécialiste en cartographie de l'équipe, en brandissant le journal jauni par le temps.

Le journal, écrit de la main d'Alan Quatermain, parle en détail des mines du roi Salomon, décrivant leur emplacement comme étant rempli de richesses inimaginables mais aussi de dangers mortels.

"Nous devons planifier notre recherche minutieusement," dit Marc en examinant les pages du journal. "Préparons notre équipement. Demain, nous partons à la recherche des mines."

L'équipe passe le reste de la journée à se préparer, vérifiant chaque pièce d'équipement et rassemblant des provisions pour le voyage. Le lendemain, guidés par le journal, ils se mettent en route vers le premier indice évoqué par Quatermain.

Leur voyage les conduit à travers des terrains sauvages, où ils rencontrent des animaux sauvages. Un soir, alors qu'ils campent sous les étoiles, une conversation s'engage autour du feu.

"Pensez-vous vraiment que nous trouverons ces mines ?" demande Jean, l'incertitude dans la voix.

"Je ne sais pas," répond Marc. "Mais nous devons essayer. Les risques sont grands, mais les récompenses le sont encore plus."

L'équipe acquiesce, chacun perdu dans ses pensées sur les richesses et les dangers qui les attendent. Le feu crépite, comme pour souligner l'incertitude de leur quête.

La nuit est calme, mais l'excitation de l'aventure qui les attend empêche certains de dormir. Ils savent que le chemin sera périlleux, mais l'appel de l'inconnu et la possibilité de découvrir quelque chose de légendaire les poussent à continuer.

Alors que l'aube pointe à l'horizon, Marc se lève, déterminé. "Aujourd'hui, nous faisons un pas de plus vers l'histoire. Soyez prêts."

L'équipe se rassemble, les regards déterminés. Ils ne savent pas encore les horreurs qui les attendent dans les profondeurs des mines du roi Salomon, mais ils sont prêts à affronter ensemble ce qui viendra.

Le chapitre se termine sur l'image de l'équipe marchant courageusement vers leur destin, guidés par les étoiles et les écrits d'un aventurier disparu depuis longtemps, vers les mystères cachés de l'Afrique.

1. Acharnée - Fierce
2. Acquiesce - Agrees
3. Aventurier - Adventurer
4. Brûlante - Burning
5. Cabane - Cabin

6. Camp - Camp
7. Cartographie - Cartography
8. Étoilé - Starry
9. Excitation - Excitement
10. Expérimentés - Experienced
11. Horreurs - Horrors
12. Immensité - Immensity
13. Mercenaires - Mercenaries
14. Périlleux - Perilous
15. Scepticisme - Scepticism

Le Voyage

Le voyage des mercenaires reprend à l'aube, les premiers rayons du soleil éclairant leur chemin vers l'inconnu. Autour d'un petit déjeuner partagé à la hâte, ils discutent des légendes entourant les mines du roi Salomon.

"Certains disent que ces mines sont maudites," murmure Lisa, un frisson parcourant son échine.

"Et rempli de trésors inimaginables," ajoute Jean, les yeux brillants d'excitation et de peur.

La traversée d'une rivière dangereuse met à l'épreuve leur détermination. L'eau tumultueuse menace de les emporter, mais ensemble, ils parviennent à l'autre rive.

"Regardez ! Des traces !" s'exclame Marc, pointant du doigt des empreintes vieilles et presque effacées sur le sol boueux. "Nous ne sommes pas les premiers à chercher les mines."

Leur chemin les mène à une rencontre inattendue avec une tribu locale. Les habitants les accueillent avec une hospitalité surprenante, échangeant des cadeaux et des histoires.

"Les mines ? Oui, nous connaissons," dit le chef de la tribu, un vieil homme aux yeux sages. "Mais attention, c'est un lieu de grande puissance... et de grand danger."

La tribu leur offre des informations précieuses, mais les met en garde contre les périls qui les attendent. "Beaucoup ont cherché les mines... Peu sont revenus."

Malgré les avertissements, les mercenaires sont résolus à continuer. Leur quête les mène finalement à l'entrée des mines, cachée par la végétation et les ombres qui tombent avec le crépuscule.

"Nous y voilà," dit Marc, observant l'entrée sombre. "Préparons-nous pour demain."

Ils montent leur camp près de l'entrée, l'atmosphère lourde d'anticipation et de crainte. Alors que la nuit enveloppe le camp, ils se rassemblent autour du feu, partageant des histoires pour chasser l'angoisse qui s'installe.

"Vous avez entendu parler du gardien des mines ?" commence Jean, sa voix tremblante dans l'obscurité. "On dit qu'un esprit protège les trésors, punissant ceux qui osent perturber le repos des mines."

Lisa frissonne. "Et des créatures, des ombres vivantes qui errent dans les tunnels, se nourrissant de la peur et de la chair."

Le feu crépite, projetant des ombres dansantes qui semblent prendre vie, alimentant leur imagination et leurs peurs.

"Peu importe ce qui nous attend, nous faisons face ensemble," déclare Marc, son regard déterminé se reflétant dans les flammes. "Demain, nous entrons dans les mines."

La nuit est agitée, chaque bruit, chaque craquement alimentant l'imaginaire horrifique que les histoires ont éveillé. Mais l'aube arrive, apportant une nouvelle journée, et avec elle, le pas vers l'inconnu.

Alors que le chapitre se clôt, les mercenaires se tiennent à l'entrée des mines, l'obscurité devant eux semblant avaler toute lumière. Un vent froid souffle depuis les profondeurs, comme si les mines elles-mêmes les invitaient à entrer. Leur aventure dans les ténèbres commence maintenant, portant avec elle la promesse de découvertes... et de terreur.

1. Aube - Dawn
2. Avaler - To swallow
3. Craquement - Crackling
4. Échine - Spine
5. Emporter - To carry away
6. Frémissement - Shiver
7. Hospitalité - Hospitality
8. Inimaginables - Unimaginable
9. Maudites - Cursed
10. Ombres - Shadows
11. Périlleuse - Perilous
12. Périls - Perils
13. Résolus - Determined
14. Tumultueuse - Turbulent
15. Tribu - Tribe

L'Entrée dans les Mines

Dès les premiers pas à l'intérieur des mines du roi Salomon, l'équipe de mercenaires sent une atmosphère lourde les envelopper. Les murs, taillés dans la roche sombre, sont couverts de symboles anciens que Lisa s'empresse de documenter.

"Regardez ces marques," dit-elle, éclairant les gravures avec sa lampe. "C'est une ancienne langue, peut-être un avertissement."

Alors qu'ils progressent prudemment, des bruits étranges filtrent à travers les tunnels. Un grincement lointain, suivi d'un murmure presque inaudible, met les nerfs à rude épreuve.

"Vous entendez ça ?" murmure Jean, s'arrêtant net.

Marc hoche la tête, l'oreille tendue. "Restons vigilants. Il pourrait y avoir des pièges."

Peu après, ils découvrent une salle cachée, ses recoins étincelant de pièces d'or et de joyaux épars. Le spectacle est hypnotisant, mais Marc rappelle rapidement son équipe à l'ordre.

"Ne touchez à rien. Ces trésors pourraient être piégés."

Sa mise en garde se confirme lorsqu'ils évitent de justesse un piège déclenché par le poids au sol. Un mur de pics surgit là où Jean s'était tenu quelques secondes plus tôt.

La tension monte, d'autant plus lorsqu'ils tombent sur les restes d'explorateurs précédents, leurs corps décomposés éparpillés autour d'un carnet ouvert. Lisa le ramasse délicatement, lisant à voix basse.

"Ils parlent d'une malédiction... et de gardiens des ténèbres."

Le silence qui suit est brisé par un cri lointain, terrifiant, résonnant à travers les mines. L'équipe échange des regards inquiets.

"C'était quoi ça ?" chuchote Jean, sa voix trahissant sa peur.

"Je ne sais pas, mais nous devons continuer. Restons ensemble," ordonne Marc, reprenant leur marche avec une prudence accrue.

Alors qu'ils s'enfoncent plus profondément, un passage secret s'ouvre sous l'action d'un levier dissimulé parmi les pierres. Derrière, un nouveau tunnel, encore plus sombre, s'étend devant eux.

"Par ici," dit Marc, guidant son équipe.

Les cris terrifiants se font entendre à nouveau, plus proches cette fois. L'air se refroidit brusquement, et une ombre fugace traverse le faisceau de leur lampe.

"Quelque chose est là, avec nous," murmure Lisa, sa voix tremblante.

"Ne paniquons pas. Continuez à avancer," insiste Marc, bien que sa propre voix révèle une anxiété croissante.

Ils progressent lentement, chaque pas résonnant lourdement dans le silence oppressant des mines. Les cris se transforment en chuchotements, comme si les ombres elles-mêmes leur parlaient.

Soudain, devant eux, une silhouette se dessine dans l'obscurité. Une forme humaine, ou presque, les yeux brillant d'une lueur malveillante.

"Qui est là ?" ose Jean, sa lampe pointée vers la figure.

La réponse vient sous forme d'un hurlement, un son si terrifiant que l'équipe recule instinctivement. La silhouette disparaît aussi rapidement qu'elle est apparue, laissant derrière elle un silence encore plus lourd.

"Nous ne sommes pas seuls," conclut Marc, reprenant sa marche avec une détermination teintée de peur. "Restons sur nos gardes."

Le chapitre se clôt sur l'équipe avançant à tâtons dans l'obscurité, chaque membre aux aguets, sachant que les profondeurs des mines cachent des secrets bien plus terrifiants que des pièges et des trésors.

1. Ancienne langue - Ancient language
2. Atmosphère lourde - Heavy atmosphere
3. Carnet ouvert - Open notebook
4. Chuchotements - Whispers
5. Décomposés - Decomposed
6. Épars - Scattered
7. Étincelant - Sparkling
8. Fugace - Fleeting
9. Grincement - Creaking
10. Hypnotisant - Mesmerizing
11. Inaudible - Inaudible
12. Malédiction - Curse
13. Piégés - Trapped
14. Ténèbres - Darkness
15. Vigilants - Vigilant

Les Démoniaques

Dans les profondeurs des mines du roi Salomon, l'équipe de mercenaires fait face à une horreur inimaginable. Alors qu'ils avancent prudemment, une forme monstrueuse surgit de l'ombre, ses yeux brillant d'un éclat rouge sang.

"C'est quoi ça ?!" crie Jean, reculant de terreur.

Les créatures, des démons mangeurs de chair aux allures cauchemardesques, chargent avec une rapidité effrayante. Marc, toujours en tête, crie à son équipe : "En position ! Combattez !"

Un combat acharné s'ensuit. Les mercenaires luttent avec désespoir, leurs armes à peine efficaces contre les hideux assaillants. Dans la mêlée, Lisa est blessée, une griffe démoniaque lui entaillant le bras.

"Repli ! Vers là-bas !" ordonne Marc, pointant une alcôve dans la roche qui semble offrir un refuge temporaire.

Ils parviennent à se mettre à l'abri, repoussant les créatures assez longtemps pour panser rapidement la blessure de Lisa. Marc examine les alentours, cherchant une stratégie.

"On ne peut pas les affronter de front. Il nous faut un plan," dit-il, déterminé.

Jean, tremblant mais toujours combatif, fait une observation cruciale. "La lumière ! Ils n'aiment pas la lumière. Regardez !"

Effectivement, les démons reculent et hésitent à s'approcher des lampes et des torches que l'équipe tient fermement. Galvanisés par cette découverte, ils se mettent rapidement à travailler, installant des pièges éclairés et des barricades autour de leur refuge.

"Ça nous donnera un avantage," murmure Lisa, sa voix faible mais pleine d'espoir.

La nuit tombe sur les mines, enveloppant tout dans une obscurité oppressante. L'équipe organise une veille nocturne en rotation, chaque membre surveillant les ténèbres au-delà de leur lumière salvatrice.

L'atmosphère est tendue, chaque bruit, chaque mouvement dans l'ombre faisant sursauter les mercenaires. Les heures s'égrènent lentement, chaque minute étirée par la peur et l'incertitude.

Soudain, au milieu de la nuit, un rugissement terrifiant brise le silence. Les démons attaquent de nouveau, surgissant des ténèbres avec une fureur décuplée.

"Ils sont là !" crie Marc, ralliant ses troupes.

L'attaque est brutale, mais cette fois, l'équipe est préparée. Les pièges lumineux s'activent, brûlant et repoussant les assaillants tandis que les mercenaires défendent leur position avec acharnement.

Le combat est violent, mais la lumière se révèle être une arme efficace. Les démons, malgré leur nombre et leur sauvagerie, sont finalement forcés de battre en retraite, laissant derrière eux des traces de leur présence maléfique.

Alors que le calme revient, l'équipe reste sur ses gardes, épuisée mais vivante. Ils se regardent, reconnaissants d'avoir survécu à cette horreur.

"Nous devons sortir d'ici," murmure Lisa, regardant ses compagnons, leurs visages marqués par la lutte.

Marc acquiesce, son regard fixé sur les ténèbres qui les entourent. "Nous trouverons un chemin. Ensemble."

Le chapitre se clôt sur les mercenaires, blessés mais résolus, rassemblés dans leur refuge précaire, une lueur de détermination dans les yeux. La menace des démons demeure, mais l'espoir persiste tant qu'ils restent unis face à l'obscurité.

1. Acharné - Fierce
2. Alcôve - Alcove
3. Cauchemardesques - Nightmarish
4. Démons - Demons
5. Éclat - Glow
6. Effrayante - Frightening

7. Entaillant - Gashing
8. Griffe - Claw
9. Horreur - Horror
10. Incertain - Uncertain
11. Mangeurs de chair - Flesh-eaters
12. Monstrueuse - Monstrous
13. Obscurité - Darkness
14. Oppressante - Oppressive
15. Rugissement - Roar

Perdus et Divisés

Dans le chaos qui a suivi l'attaque des démons, le groupe de mercenaires se retrouve cruellement divisé. Marc, Jean, et Lisa se retrouvent d'un côté, tandis que les autres sont dispersés dans les ténébreuses entrailles des mines.

"Nous devons les retrouver," insiste Marc, sa voix résonnant dans les sombres corridors.

Le petit groupe, guidé par la faible lumière de leurs lampes, avance prudemment, appelant leurs compagnons perdus. Les réponses, cependant, sont englouties par le silence oppressant de la mine.

Au cours de leur recherche, ils tombent sur d'anciennes inscriptions gravées sur les murs. Les marques semblent raconter l'histoire d'une malédiction ancienne liée aux mines.

"Regardez," dit Lisa, éclairant les inscriptions. "Ces symboles parlent d'une malédiction qui protège le trésor. Tout intrus est destiné à se perdre à jamais."

Alors qu'ils tentent de déchiffrer le message, un grondement sourd se fait entendre, suivi par l'apparition de créatures grotesques, différentes des démons mais tout aussi terrifiantes.

"Ces mines cachent plus qu'une simple malédiction," murmure Jean, les yeux écarquillés devant les nouvelles menaces.

Dans leur fuite, ils découvrent par hasard un ancien artefact, incrusté de pierres étranges qui scintillent d'une lumière intérieure.

Lorsqu'ils le prennent, les créatures reculent, comme repoussées par la force de l'objet.

"Cet artefact, il pourrait nous aider à retrouver les autres," suggère Marc, espoir renaissant dans ses yeux.

Armés de leur nouvelle découverte, ils reprennent leur quête, appelant dans l'obscurité en espérant une réponse. Leur chemin est cependant entravé par un soudain éboulement, bloquant leur route et les séparant davantage de leurs compagnons.

"Non !" crie Lisa, alors que des tonnes de roches s'effondrent devant eux, coupant toute possibilité de passage.

Alors qu'ils cherchent désespérément une autre voie, les cris des démons se font de nouveau entendre, plus proches et plus menaçants que jamais. Encerclés et sans issue, le groupe se prépare à un nouvel affrontement.

"Restez près de l'artefact," ordonne Marc, positionnant ses compagnons dos à dos.

Les minutes s'écoulent comme des heures, chaque bruit faisant battre leur cœur à tout rompre. Finalement, contre toute attente, les cris semblent s'éloigner, la présence de l'artefact les tenant à distance.

"Nous avons été épargnés... pour l'instant," murmure Jean, le soulagement tempéré par la réalité de leur situation.

Perdus, divisés, mais toujours vivants, ils comprennent que leur survie dépend non seulement de leur courage et de leur ingéniosité mais aussi de mystères antiques enfouis au cœur des mines.

"Nous trouverons un moyen," promet Marc, plus déterminé que jamais. "Pour nous, pour les autres, nous trouverons une sortie."

Le chapitre se termine sur une note d'espoir fragile, le groupe serré autour de l'artefact salvateur, prêt à affronter les horreurs inconnues qui les attendent dans leur quête désespérée pour se réunir et échapper aux abysses maudites des mines du roi Salomon.

1. Anciennes inscriptions - Ancient inscriptions

2. Artefact - Artifact
3. Cauchemardesques - Nightmarish
4. Déchiffrer - To decipher
5. Éboulement - Rockslide
6. Écarquillés - Wide-eyed
7. Englouties - Swallowed
8. Grotesques - Grotesque
9. Inscriptions - Inscriptions
10. Malédiction - Curse
11. Menaces - Threats
12. Oppressant - Oppressive
13. Résonnant - Resounding
14. Sourd - Muffled
15. Ténébreuses - Shadowy

La Lutte pour la Survie

Dans les profondeurs suffocantes des mines du roi Salomon, le petit groupe de mercenaires, mené par Marc, fait face à une horde de démons avec une détermination farouche. L'artefact ancien en main, ils découvrent qu'il émet une lumière qui repousse les créatures.

"Utilisez l'artefact ! Gardez-le levé !" crie Marc, alors que les démons se rassemblent autour d'eux.

Le combat qui s'ensuit est désespéré. Les démons, bien que réticents à s'approcher de la lumière de l'artefact, sont nombreux et implacables. Dans le tumulte, un des mercenaires, Thomas, fait un choix audacieux.

"Allez ! Je vous couvre !" hurle-t-il, s'élançant vers les démons pour leur donner une chance de s'échapper.

Son sacrifice héroïque donne au reste du groupe le temps nécessaire pour se frayer un chemin à travers les créatures. Le cœur lourd, ils ne peuvent que s'enfuir, laissant derrière eux un compagnon brave.

Une fois en sécurité, le groupe, réduit mais à nouveau réuni, fait face à une décision difficile. Continuer dans l'espoir de trouver encore plus de trésors ou chercher désespérément une sortie pour échapper à ce cauchemar ?

"Nous devons sortir d'ici," décide finalement Marc, la voix empreinte de tristesse pour la perte subie. "Nous trouverons une autre issue."

Guidés par l'artefact, ils naviguent à travers un labyrinthe de tunnels complexes, où des phénomènes surnaturels les attendent à chaque tournant. Des ombres se meuvent indépendamment de toute source lumineuse, et des voix sans corps murmurent des avertissements glacials.

Au cœur de leur périple, ils découvrent une salle cachée, remplie de trésors inestimables : des piles de pièces d'or, des joyaux scintillants, et des artefacts antiques d'une beauté à couper le souffle.

"Regardez tout cela..." murmure Lisa, émerveillée malgré la peur et le deuil.

Mais leur émerveillement est de courte durée. Le gardien des mines, une créature terrifiante dont la présence est annoncée par un grondement profond, se dresse soudainement entre eux et la sortie.

"Prenez ce que vous pouvez ! Nous n'avons pas le choix, il faut passer !" ordonne Marc, faisant face à la bête.

L'affrontement est épique. L'artefact, au cœur de leur stratégie, s'avère être leur seule chance contre le gardien. Avec ruse et courage, ils parviennent finalement à le surmonter, la créature s'effondrant dans un dernier cri de rage.

Épuisés, blessés, mais victorieux, les mercenaires s'emparent de quelques trésors à portée de main et s'enfuient à travers les derniers tunnels, guidés par l'éclat de l'artefact.

Lorsqu'ils émergent enfin à la surface, le soleil levant les accueille avec sa lumière bienveillante. Ils sont libres, riches de quelques trésors et des récits d'une aventure que peu oseraient croire.

"Nous l'avons fait," souffle Marc, regardant autour de lui les visages fatigués mais soulagés de ses compagnons. "Mais à quel prix..."

Le chapitre se clôt sur le groupe s'éloignant des mines, le soleil réchauffant leurs visages marqués par l'épreuve. Ils portent avec eux non seulement les trésors mais aussi le poids des sacrifices faits dans les ténèbres. Leur lutte pour la survie restera à jamais gravée dans leur mémoire, un rappel sombre de ce que l'avidité peut coûter.

1. Artéfact - Artifact
2. Avertissements glacials - Chilling warnings
3. Cauchemar - Nightmare
4. Détermination farouche - Fierce determination
5. Éclat - Glow
6. Épique - Epic
7. Grondement profond - Deep rumbling
8. Héroïque - Heroic
9. Implacables - Relentless
10. Inestimables - Priceless
11. Labyrinthe de tunnels - Labyrinth of tunnels
12. Phénomènes surnaturels - Supernatural phenomena
13. Résonnant - Resounding
14. Sacrifice - Sacrifice
15. Suffocantes - Suffocating

La Fuite

La sortie des mines en vue, le groupe de mercenaires épuisés mais déterminés, lance une course effrénée à travers les tunnels sombres, leurs pas résonnant contre la pierre froide. Derrière eux, les cris des démons se font de plus en plus proches, une symphonie terrifiante de rage et de faim.

"Vite ! Ils sont juste derrière !" crie Marc, tenant fermement l'artefact qui émet sa dernière lumière salvatrice.

Dans leur fuite désespérée, ils utilisent tout ce qu'ils ont à leur disposition pour ralentir leurs poursuivants. Des pierres sont poussées dans des passages étroits, des torches jetées pour enflammer des obstacles improvisés, chaque action sacrifiant de précieuses secondes pour gagner de la distance.

Malgré leur ingéniosité, les pièges anciens de la mine, oubliés et négligés, se révèlent être une menace presque aussi grande que les démons eux-mêmes. Avec agilité et une bonne dose de chance, ils évitent de justesse ces dangers, frôlant la mort à plusieurs reprises.

La lumière du jour, un faible halo au bout du tunnel, renouvelle leur espoir. Ils courent avec une énergie renouvelée, poussés par la promesse de la liberté. Mais la victoire a un prix. Dans les derniers moments de leur évasion, quelques membres du groupe tombent, rattrapés par les griffes implacables des démons ou piégés par les derniers gardiens de la mine.

"Continuez ! Ne vous arrêtez pas !" hurle Lisa, les larmes aux yeux, alors qu'elle voit un de ses compagnons disparaître derrière elle.

À l'entrée des mines, un dernier combat les attend. Les démons, refusant de les laisser échapper, lancent une attaque furieuse. Le groupe se bat avec acharnement, l'artefact brillant d'une lumière éblouissante, repoussant les créatures suffisamment longtemps pour leur permettre de s'échapper.

Et puis, enfin, l'évasion. Ils émergent des mines au lever du soleil, le premier rayon de lumière les enveloppant comme une caresse, un contraste saisissant avec les ténèbres qu'ils viennent de quitter.

Le retour vers la civilisation est silencieux, chaque pas les éloignant de l'horreur mais les rapprochant de la dure réalité de leur perte. Le deuil pèse lourd sur leurs cœurs, mais il y a aussi un soulagement profond. Ils sont vivants. Ils ont survécu.

Arrivés dans le premier village à l'orée des mines, leurs récits semblent incroyables, des histoires de courage et de terreur, de perte et d'espoir. Les villageois les écoutent, un mélange de scepticisme et d'admiration dans leurs yeux.

"Nous ne retournerons jamais là-bas," murmure Marc, regardant l'horizon où les mines ne sont plus qu'un mauvais souvenir. "Nous avons payé un prix trop élevé."

Le chapitre se termine sur le groupe, debout ensemble, regardant le soleil se lever sur une nouvelle journée. Ils ont échappé aux ténèbres, mais les ombres de ceux qu'ils ont perdus les suivront toujours. La fuite des mines du roi Salomon restera gravée dans leurs mémoires, un rappel éternel des dangers de l'avidité et de la profondeur de l'esprit humain pour survivre contre toute attente.

1. Artéfact - Artifact
2. Acharnement - Fierceness
3. Cris - Screams
4. Désespérée - Desperate
5. Éblouissante - Dazzling
6. Épuisés - Exhausted
7. Évasion - Escape
8. Frappe - Strike
9. Griffes - Claws
10. Implacables - Relentless
11. Ingéniosité - Ingenuity
12. Obstacles improvisés - Improvised obstacles
13. Pièges anciens - Ancient traps
14. Résonnant - Resounding
15. Sacrifice - Sacrifice

Les Conséquences

Après avoir échappé aux ténèbres des mines du roi Salomon, le groupe de mercenaires épuisés mais soulagés retourne au village local. Leur arrivée suscite une curiosité immédiate parmi les villageois, qui se rassemblent pour écouter le récit de leur incroyable aventure.

"Nous avons affronté des horreurs que vous ne pouvez imaginer," commence Marc, sa voix empreinte de sérieux. "Et nous avons perdu des amis dans ces ténèbres."

Les trésors qu'ils ont réussi à ramener - quelques pièces d'or, des joyaux éclatants, et des artefacts anciens - sont exposés aux yeux de tous. Si l'admiration est palpable, une vague de peur traverse également la foule. Les objets, témoins silencieux de l'antique malédiction, semblent presque vibrer d'une énergie sombre.

Marc se tourne vers les jeunes du village, son regard grave. "Que notre histoire serve d'avertissement. La cupidité peut vous mener à votre perte."

Une célébration est organisée en l'honneur des survivants, un moment de joie mêlé de tristesse pour ceux qui ne sont pas revenus. Au cours de la soirée, les réflexions sur le coût de leur quête et la cupidité humaine occupent les conversations.

"Le trésor n'était pas worth la vie de nos amis," murmure Lisa à Marc, partageant un sentiment de regret.

Les jours suivants, les mercenaires décident de leurs prochains pas. Certains, comme Jean, choisissent de rester en Afrique, trouvant un nouveau sens à leur vie loin des conflits et des chasses au trésor.

D'autres, cependant, décident de partir, emportant leur part des richesses trouvées dans les mines. "Je vais chercher la paix," dit l'un d'eux, "et peut-être un jour, le pardon pour ce que nous avons fait."

La légende des mines du roi Salomon s'enrichit de leur histoire, devenue un récit d'avertissement pour tous ceux tentés par l'aventure. Les villageois, prenant à cœur les leçons apprises, décident de fermer l'entrée des mines, scellant les horreurs à l'intérieur pour toujours.

"Que personne n'ose plus perturber ce lieu maudit," déclare le chef du village lors d'une cérémonie au petit matin. "Nous devons protéger les générations futures de la cupidité qui a failli nous coûter cher."

Alors que le chapitre se clôt, les mercenaires regardent une dernière fois vers l'endroit où les mines se cachent sous la terre, leurs pensées tournées vers ceux qu'ils ont perdus. Leur aventure est terminée, mais les conséquences de leurs actes les suivront toujours.

Le soleil se lève sur un nouveau jour, symbolisant peut-être un nouveau départ pour chacun d'eux. Mais dans le cœur de ceux qui ont survécu, un mélange complexe de soulagement, de tristesse, et de sagesse nouvellement acquise résonne avec chaque battement. Ils ont payé le prix ultime pour apprendre que certaines choses, cachées et enfouies, sont mieux laissées inexplorées.

1. Antique - Ancient
2. Artefacts - Artifacts
3. Célébration - Celebration
4. Conséquences - Consequences
5. Cupidité - Greed
6. Éclatants - Sparkling
7. Énergie sombre - Dark energy
8. Épuisés - Exhausted
9. Horreurs - Horrors
10. Incrédible - Incredible
11. Joyaux - Jewels
12. Malédiction - Curse
13. Pardon - Forgiveness
14. Récit - Tale
15. Sagesse - Wisdom

Épilogue

Les années ont passé depuis l'épique aventure dans les mines du roi Salomon. Les mercenaires, ceux qui ont survécu, se sont dispersés aux quatre vents, chacun poursuivant son propre chemin dans l'immensité du monde.

Certains, comme Jean, ont trouvé la paix dans des vies simples et éloignées des dangers qu'ils avaient autrefois affrontés. D'autres, attirés par le frisson de l'aventure malgré les dangers, ont continué à chercher fortune et gloire, mais avec une prudence et une sagesse nouvellement acquises.

Les mines du roi Salomon, cependant, restent enveloppées dans le mystère, un avertissement sombre contre la cupidité humaine. Le journal d'Alan Quatermain, publié et largement lu, est devenu à la fois un guide pour les chercheurs d'aventures et une mise en garde pour ceux tentés par les légendes d'or et de trésors cachés.

Malgré l'intérêt renouvelé pour les mines, stimulé par la publication du journal, aucune expédition ultérieure n'a réussi à percer ses secrets. Les rares qui ont tenté de retrouver l'entrée scellée par les villageois n'ont jamais été revus, leurs disparitions ajoutant une couche supplémentaire de légende aux histoires déjà entourant les mines.

Les récits des démons mangeurs de chair et des horreurs rencontrées par les mercenaires sont devenus légendaires, des histoires racontées autour des feux de camp et dans les livres d'histoires, avertissant les futures générations des dangers de la quête aveugle de richesse.

Le village, proche de l'entrée autrefois menaçante des mines, a prospéré d'une manière inattendue. Le tourisme, attiré par les récits dramatiques de survie et de monstres, a apporté une nouvelle source de revenus. Les guides locaux racontent les histoires avec un mélange de respect et d'exagération, mais toujours avec l'avertissement que les mines elles-mêmes doivent rester inviolées, un pacte tacite avec les forces sombres qu'elles renferment.

Malgré l'afflux de curieux et de chercheurs de trésors, les mines du roi Salomon restent un sanctuaire inviolé, leur entrée cachée et oubliée par le temps et la nature, comme pour enterrer les horreurs qu'elles contiennent.

L'épilogue se clôt sur un sentiment de mystère inexploré, les mines du roi Salomon demeurant une énigme tentante mais dangereuse. Les mercenaires, marqués à jamais par leur expérience, portent les leçons apprises dans leur cœur. Ils savent que certaines légendes, aussi séduisantes qu'elles puissent paraître, sont mieux laissées tranquilles, leurs secrets cachés dans l'obscurité, loin de la portée des hommes.

Et ainsi, l'histoire des mines du roi Salomon reste un avertissement éternel, une légende qui continue de fasciner et d'avertir, un rappel que la plus grande aventure de l'homme est peut-être celle de connaître ses limites et de respecter les mystères que la nature a choisi de garder cachés.

1. Aventure - Adventure
2. Avertissement - Warning
3. Cupidité - Greed
4. Dangers - Dangers
5. Dispersés - Scattered
6. Énigme - Enigma
7. Expédition - Expedition
8. Frisson - Thrill
9. Guide - Guide
10. Légendes - Legends
11. Mystère - Mystery
12. Pacte tacite - Unspoken pact
13. Prosperé - Flourished
14. Sanctuaire inviolé - Unviolated sanctuary
15. Sagesse - Wisdom

Le Réveil de Dracula

L'Arrivée

Des gens de partout dans le monde se réunissent en Roumanie pour un congrès international d'Esperanto. Ils arrivent un par un, leurs visages pleins d'excitation et de curiosité pour l'aventure qui les attend. Le lieu choisi pour cet événement n'est autre qu'un vieux château, perdu au milieu des forêts denses de l'ancienne Transylvanie. Son allure impressionnante et mystérieuse capte immédiatement l'attention de tous.

"Bonjour et bienvenue!" s'exclame un organisateur en Esperanto, accueillant chaleureusement les participants à leur arrivée. "Nous sommes ravis de vous avoir ici!"

Alors que les participants s'installent, les organisateurs partagent des histoires fascinantes sur l'histoire du château. Ils parlent de batailles, de trahisons, et de l'ancien propriétaire du château, un noble entouré de mystères et de légendes sombres.

"C'est vraiment impressionnant," murmure Anna, une participante de France, à son nouvel ami, Luca, venu d'Italie.

"Oui, mais ça me donne aussi un peu peur," répond Luca avec un frisson.

Les participants explorent ensuite les différentes parties du château, admirant les anciennes armures, les tapisseries vieilles de plusieurs siècles, et les peintures des ancêtres de l'ancien propriétaire. L'air est lourd d'histoire, et chaque coin semble raconter une histoire.

"Tu crois aux fantômes?" demande Anna en riant alors qu'ils descendent un vieux couloir sombre.

"Peut-être," répond Luca en jetant un regard nerveux par-dessus son épaule. "Et toi?"

"Non, je ne pense pas. Mais cet endroit pourrait me faire changer d'avis," rit Anna, bien qu'une part d'elle se sente mal à l'aise dans l'obscurité du château.

Le soir venu, un dîner de bienvenue est organisé dans la grande salle, où les participants se régalent de spécialités locales et partagent des histoires dans une ambiance chaleureuse. Pourtant, malgré la convivialité, certains ne peuvent s'empêcher de sentir une présence étrange parmi eux.

Plus tard, dans la nuit, alors que le château est plongé dans le silence, des bruits inquiétants troublent le sommeil de plusieurs participants. Des pas lourds résonnent dans les couloirs, suivis par le grincement d'une porte qui s'ouvre lentement.

"Tu as entendu ça?" chuchote Anna, réveillée et tendue dans son lit.

"Oui, je... je n'aime pas ça," murmure Luca à travers la noirceur, sa voix trahissant sa peur.

Ils restent immobiles, écoutant les sons de la nuit, se demandant ce qui, ou qui, pourrait les causer. L'atmosphère du château, autrefois excitante, devient soudain oppressante, comme si les ombres elles-mêmes murmuraient des avertissements.

Peu à peu, l'excitation du congrès cède la place à une tension palpable. Les légendes du château, autrefois considérées comme de simples histoires pour effrayer les visiteurs, commencent à sembler dangereusement réelles. Et alors que la nuit s'étire, une question demeure sans réponse : le réveil de Dracula est-il simplement un mythe, ou une terrifiante réalité sur le point de se dévoiler?

1. Ancienne - Ancient
2. Armures - Armors
3. Aventure - Adventure
4. Château - Castle
5. Congrès - Congress
6. Convivialité - Friendliness
7. Curiosité - Curiosity
8. Excitation - Excitement
9. Légendes - Legends
10. Mystérieuse - Mysterious
11. Noble - Noble

12. Ombres - Shadows
13. Participants - Participants
14. Tapisseries - Tapestries
15. Trahissons - Betrayals

Le Premier Jour du Congrès

Le premier jour du congrès d'Esperanto s'annonce sous les meilleurs auspices. Les participants, réunis dans la grande salle du château, écoutent attentivement les discours d'ouverture qui soulignent l'importance de l'Esperanto comme langue universelle.

"Esperanto est important pour la paix et l'amitié entre les peuples," déclare un des orateurs avec passion.

Les participants applaudissent, partageant des discussions animées sur le sujet lors des pauses. Des ateliers et des conférences remplissent l'agenda, chacun apportant de nouvelles connaissances et perspectives.

Pendant une pause café, un petit groupe se forme, attiré par les récits d'un participant plus âgé connaissant bien la région.

"Vous savez, ce château a une histoire riche... et sombre," commence-t-il, captivant son auditoire. "C'était autrefois la demeure de Dracula lui-même."

"Dracula? Comme dans les histoires de vampires?" demande une participante, les yeux écarquillés.

"Exactement. Il y a des légendes... Des histoires de nuit et de terreur," répond l'homme avec un sourire énigmatique.

L'idée d'explorer le donjon du château germe alors dans l'esprit d'un participant audacieux. "Et si nous allions voir le donjon après les sessions d'aujourd'hui? Juste pour le plaisir de l'aventure!"

Un groupe d'intrépides accepte le défi, poussés par la curiosité et l'envie d'une aventure nocturne. Après la dernière session, ils se dirigent vers les profondeurs du château, leurs lampes de poche éclairant le chemin dans les ténèbres.

Le donjon est frais et humide, les murs suintant d'histoire ancienne. Au fond d'une salle cachée, ils découvrent un vieux cercueil recouvert de poussière et de toiles d'araignée.

"Devrions-nous l'ouvrir?" murmure l'un d'eux, une lueur d'excitation et de peur dans les yeux.

Avec une hésitation partagée, ils soulèvent le couvercle du cercueil. À leur grande surprise, il est vide, mais une sensation glaciale les enveloppe soudainement, comme si quelque chose ou quelqu'un partageait l'espace étroit avec eux.

"Je ne me sens pas très bien," chuchote une participante, regardant autour d'elle avec nervosité.

Soudain, un cri terrifiant résonne à travers les couloirs du donjon, les faisant sursauter et se précipiter vers la sortie. Leur cœur bat à tout rompre, l'adrénaline coulant dans leurs veines.

"Qu'était-ce que ça?" souffle l'un d'eux, une fois en sécurité à l'extérieur du donjon, le visage pâle sous l'éclairage lunaire.

"Je ne sais pas, mais je ne veux plus jamais le découvrir," répond un autre, jetant un regard effrayé vers l'entrée sombre du donjon.

Le groupe retourne précipitamment vers les parties habitées du château, chaque ombre et chaque bruit les faisant sursauter. Cette nuit, le sommeil se fait rare, car l'écho du cri terrifiant hante leurs rêves, et la curiosité qui les avait menés dans le donjon se transforme en une peur profonde et inébranlable.

1. Adrénaline - Adrenaline
2. Ancienne - Ancient
3. Ateliers - Workshops
4. Auditoire - Audience
5. Auspices - Auspices
6. Château - Castle
7. Conférences - Conferences
8. Curiosité - Curiosity
9. Demeure - Residence
10. Donjon - Dungeon

11. Écarquillés - Wide-open
12. Intrépides - Fearless
13. Légendes - Legends
14. Orateurs - Speakers
15. Ténèbres - Darkness

La Découverte Effrayante

Après avoir entendu le cri terrifiant dans le donjon, le groupe court hors du donjon, le cœur battant la chamade. Une fois en sécurité, ils se rassemblent, essayant de reprendre leur souffle et de comprendre ce qui vient de se passer.

"Nous devons en parler aux autres," dit l'un d'eux, encore sous le choc de la découverte et du cri mystérieux.

Ils se dépêchent d'informer les autres participants de ce qu'ils ont trouvé et entendu dans le donjon. L'histoire se répand rapidement, semant l'inquiétude et la peur parmi le groupe. Certains expriment le désir de quitter immédiatement le château, mais leur espoir est rapidement anéanti lorsqu'ils découvrent que les routes sont bloquées par une tempête soudaine et violente.

La nuit tombe, enveloppant le château d'une obscurité inquiétante. L'atmosphère devient de plus en plus tendue à mesure que les lumières du château commencent à s'éteindre une à une, plongeant les couloirs dans une obscurité presque complète.

"Qu'est-ce qui se passe avec les lumières?" murmure quelqu'un, sa voix trahissant sa peur.

Les participants commencent à voir des ombres se déplacer rapidement dans les couloirs, donnant l'impression que quelque chose, ou quelqu'un, les observe depuis les ténèbres. La panique s'installe lorsque les téléphones et les ordinateurs cessent soudainement de fonctionner, les isolant complètement du monde extérieur.

"Restons calmes," tente de rassurer un des participants, prenant les devants pour essayer de rassembler tout le monde. "Nous devons rester ensemble."

Ils décident de se regrouper dans la grande salle, le seul endroit où quelques chandelles fournissent encore une faible lumière. La décision est prise de passer la nuit là, espérant que la tempête se calmera et que la situation s'améliorera au matin.

Au milieu de la nuit, alors que certains tentent de dormir malgré la peur et l'incertitude, des pas lourds résonnent sur le sol en pierre, se rapprochant de la grande salle. Les participants se réveillent, terrifiés, fixant la porte d'où semblent provenir les bruits.

Soudain, la porte s'ouvre lentement, révélant une silhouette imposante. Dracula lui-même apparaît devant eux, ses yeux brillant d'un éclat surnaturel dans l'obscurité. Un silence de mort s'abat sur la pièce, tous les regards fixés sur la figure légendaire qui se tient devant eux.

"Bonsoir, mes invités," dit Dracula d'une voix qui, malgré son calme apparent, porte en elle une menace glaciale.

Les participants sont pétrifiés, incapables de bouger ou de répondre. La légende, qu'ils avaient considérée jusqu'alors comme un simple conte pour effrayer les visiteurs, se tient là, vivante, devant eux, plongeant la nuit déjà terrifiante dans une horreur sans nom. La découverte dans le donjon n'était que le début d'une nuit qu'ils ne sont pas près d'oublier.

1. Chamade - Pounding
2. Choc - Shock
3. Conte - Tale
4. Découverte - Discovery
5. Dépêcher - Hurry
6. Donjon - Dungeon
7. Éclat - Glow
8. Éteindre - Turn off
9. Inquiétante - Disturbing
10. Inquiétude - Worry
11. Isoler - Isolate
12. Menace - Threat
13. Obscurité - Darkness

14. Pétrifié - Petrified
15. Résonner - Resound

La Terreur s'Installe

Alors que la silhouette de Dracula se dessine dans l'entrée de la grande salle, un silence glacial envahit l'espace, les participants terrifiés fixant la figure mythique devant eux. Dracula, d'une voix qui semble couler comme un vent froid à travers les murs du château, se présente.

"Je suis Dracula, le maître de ce château," déclare-t-il, son regard parcourant l'assemblée comme s'il mesurait la peur dans leurs yeux.

Il leur explique alors, avec une calme arrogance, qu'il a été réveillé par leur intrusion audacieuse dans son domaine. Son ton devient de plus en plus hostile, ses yeux s'assombrissant à l'évocation de leur violation de son sanctuaire.

Les participants, désespérés, tentent de communiquer avec lui en Esperanto, espérant trouver un terrain d'entente ou même susciter sa pitié.

"Ni volas nur foriri," dit l'un d'eux, sa voix tremblante. "Nous voulons juste partir."

Mais Dracula fronce les sourcils, son incompréhension se transformant rapidement en agressivité. "Je ne comprends pas vos paroles étranges," crache-t-il, révélant sa vraie nature de vampire assoiffé de sang. Ses canines s'allongent, et un grondement sourd émane de sa gorge.

La panique s'empare des participants, qui cherchent désespérément une issue, leurs yeux balayant la salle à la recherche d'une porte, d'une fenêtre, de n'importe quoi qui pourrait leur offrir une échappée.

Soudain, Dracula se jette sur eux avec une vitesse surnaturelle, capturant l'un des participants avant que quiconque puisse réagir. Les cris de terreur remplissent la salle alors que les autres tentent vainement de sauver leur ami, mais leurs efforts sont inutiles contre la force surhumaine de Dracula.

Réalisant l'ampleur de leur situation, ils comprennent qu'ils doivent trouver un moyen de vaincre Dracula s'ils veulent survivre à cette nuit d'horreur. Les discussions se font en chuchotements, les regards échangés sont empreints d'une détermination mêlée de peur.

La nuit se poursuit, longue et torturante, chaque bruit, chaque ombre, faisant craindre une nouvelle attaque de Dracula. Les participants se serrent les uns contre les autres, cherchant du réconfort dans leur proximité, leur esprit travaillant frénétiquement à élaborer un plan pour contrer le monstre qui les a pris au piège dans son château.

Le sentiment d'impuissance est accablant, mais l'instinct de survie pousse chacun à chercher désespérément une solution. Entre murmures et prières, la lutte pour rester en vie et vaincre le mal qui les entoure devient le seul objectif qui compte.

Alors que l'aube semble ne jamais vouloir poindre, les participants préparent leur défense, armés de leur volonté, de leur intelligence et de tout objet qui pourrait leur servir d'arme contre l'incarnation du mal. La terreur s'est installée, mais derrière la peur, naît un espoir fragile, celui de voir le jour se lever à nouveau sur le château de Dracula.

1. Agressivité - Aggressiveness
2. Arrogance - Arrogance
3. Audacieuse - Bold
4. Canines - Fangs
5. Chuchotements - Whispers
6. Échappée - Escape
7. Éclat - Shine
8. Évocation - Mention
9. Fragile - Fragile
10. Glacial - Icy
11. Grondement - Growl

12. Incompréhension - Misunderstanding
13. Instinct - Instinct
14. Intrusion - Intrusion
15. Sanctuaire - Sanctuary

La Lutte pour Survivre

La nuit d'horreur continue dans le château de Dracula, mais les participants, bien que terrifiés, refusent de se laisser vaincre sans combattre. Ils commencent à rassembler tout ce qui peut servir d'arme : bâtons, chandeliers en fer, et même des morceaux de bois trouvés dans les vieux meubles du château. Ils savent que la lutte sera difficile, mais l'espoir de survie les pousse à agir.

Ensemble, ils élaborent un plan pour affronter Dracula. "Nous devons être intelligents et courageux," dit l'un d'eux, essayant d'insuffler du courage au groupe.

Dans la cuisine, certains participants trouvent de l'ail. Ils se souviennent des vieilles histoires qui disent que l'ail peut repousser les vampires. Avec empressement, ils placent de l'ail et des croix fabriquées à la hâte autour de la grande salle, espérant que cela les protégera contre Dracula.

Un petit groupe se porte volontaire pour la mission la plus dangereuse : trouver et détruire le cercueil de Dracula dans le donjon. Ils savent que tant que le cercueil existera, Dracula restera invincible.

Pendant ce temps, Dracula attaque à nouveau, surgissant des ombres avec une fureur renouvelée. Mais cette fois, il est repoussé par l'odeur de l'ail. Les participants se rendent compte que leur plan fonctionne, ce qui leur donne un nouvel espoir.

Le groupe qui s'était aventuré dans le donjon trouve enfin le cercueil caché dans une chambre secrète. Ils tentent de le brûler, mais au moment critique, Dracula les surprend, furieux de leur audace.

Une lutte acharnée s'ensuit. Les participants utilisent tout ce qu'ils ont à leur disposition, frappant, poussant, et esquivant les attaques mortelles de Dracula. La bataille semble désespérée, mais ils ne cèdent pas.

Au cœur de la mêlée, un des participants, armé d'un pieu taillé dans un morceau de bois trouvé dans le château, voit une opportunité. Avec un cri de défi, il se précipite vers Dracula et, d'un mouvement désespéré, réussit à planter le pieu dans le cœur du vampire.

Un silence soudain tombe sur la pièce. Dracula pousse un cri déchirant, puis s'effondre et se transforme en poussière sous les yeux ébahis des participants.

Le soulagement et l'incrédulité se mêlent aux larmes et aux cris de joie. Les participants, épuisés mais vivants, se prennent dans les bras, sachant qu'ils ont vaincu l'incarnation même de la terreur.

Alors que l'aube commence à poindre, éclairant les sombres couloirs du château, les participants, unis par cette lutte pour la survie, savent qu'ils quitteront ce lieu non seulement comme des survivants, mais aussi comme des héros qui ont vaincu Dracula contre toute attente. La nuit d'horreur est terminée, mais les souvenirs de leur courage et de leur combat resteront gravés à jamais dans leur mémoire.

1. Acharnée - Fierce
2. Ail - Garlic
3. Audace - Boldness
4. Chandeliers - Candlesticks
5. Cris - Screams
6. Défi - Challenge
7. Désespéré - Desperate
8. Ébahis - Amazed
9. Empressement - Eagerness
10. Esquivant - Dodging
11. Fabriquées - Made
12. Fureur - Fury
13. Incrédulité - Disbelief
14. Invincible - Invincible

15. Pieu - Stake

Après la Tempête

Avec la chute de Dracula, une étrange paix semble s'abattre sur le château. Les ténèbres qui l'avaient enveloppé se dissipent lentement, laissant place à une atmosphère moins oppressante. Les lumières clignotent puis se rallument, et les appareils électroniques, jusqu'alors muets et inanimés, reprennent vie comme par magie.

Au sein du groupe, le soulagement se mêle à la tristesse. Ils se rassemblent pour pleurer la perte de leur ami, tombé lors de la lutte contre Dracula. Des larmes sont versées, et des mots de réconfort sont échangés dans un murmure, chacun se soutenant dans ce moment de deuil.

"Il faut prévenir les autorités," dit l'un d'eux d'une voix éteinte, marquée par la fatigue et la peine. Ils appellent les autorités locales pour signaler l'incident, leur récit semblant presque irréel dans la lumière naissante du matin.

Le lever du jour apporte avec lui la fin de la tempête. Les nuages se dispersent, révélant un ciel d'un bleu pur et apaisant. Les routes, auparavant bloquées, sont à nouveau ouvertes, offrant un chemin de retour vers le monde extérieur, loin de l'horreur et des ombres du château.

Les participants, épuisés mais résolus, préparent leurs affaires pour partir. Avant de quitter ce lieu de cauchemars, ils tiennent une cérémonie en mémoire de ceux qui ont été perdus. Des mots sont prononcés, des larmes sont versées, et des bougies sont allumées, illuminant les visages marqués par les épreuves de la nuit passée.

"Nous ne vous oublierons jamais," murmure le groupe, unis dans le souvenir et la douleur.

Avant de partir, ils prennent une dernière décision ensemble : sceller l'entrée du donjon, espérant enfermer les ombres du passé et empêcher que de telles horreurs se reproduisent. Avec effort et détermination, ils bloquent l'accès, marquant symboliquement la fin de cette sombre chapitre.

Les participants quittent le château en silence, jetant un dernier regard sur les murs qui avaient été témoins de leur terreur et de leur courage. Le soleil, haut dans le ciel, semble leur offrir une promesse de paix et de guérison après la tempête.

Alors qu'ils s'éloignent, une promesse est faite : ne jamais oublier ce qui s'est passé, garder en mémoire les leçons apprises et les liens forgés dans l'adversité. Ce château, et la nuit d'horreur qu'ils y ont vécue, resteront à jamais gravés dans leurs esprits.

La route devant eux est à présent claire, les menant loin de l'ombre de Dracula, vers la lumière d'un nouveau jour. Mais dans leurs cœurs, les souvenirs de cette lutte pour survivre, et le souvenir de ceux qu'ils ont perdus, les accompagneront toujours, un rappel silencieux de la fragilité de la vie et de la force de l'esprit humain face à l'obscurité.

1. Adversité - Adversity
2. Appareils électroniques - Electronic devices
3. Cauchemars - Nightmares
4. Chapitre - Chapter
5. Deuil - Mourning
6. Dissipent - Dissipate
7. Éteinte - Faint
8. Forgés - Forged
9. Incident - Incident
10. Lever du jour - Daybreak
11. Murmure - Whisper
12. Ombres - Shadows
13. Oppressante - Oppressive
14. Réconfort - Comfort
15. Ténèbres - Darkness

Le Retour à la Réalité

Après leur effroyable aventure au château, les participants retournent finalement dans leurs pays respectifs, portant en eux les marques invisibles de leur nuit d'horreur. Ils partagent leur histoire incroyable avec famille, amis et collègues, mais trouvent que peu de gens sont prêts à croire à un récit si fantastique et effrayant.

"Vous avez vraiment combattu Dracula?" demande un ami avec scepticisme.

"Oui, mais je sais que ça sonne incroyable," répond le participant, conscient de l'incrédulité dans les yeux de son interlocuteur.

Malgré le scepticisme, certains participants décident de mettre par écrit leur expérience. Ils collaborent pour écrire un livre détaillant chaque moment de terreur, d'espoir et de courage. Contre toute attente, le livre devient un best-seller, captivant l'attention du public et attirant les projecteurs sur le château et son histoire sombre.

Le succès du livre pique la curiosité d'experts en paranormal du monde entier. Des équipes visitent le château pour mener leurs propres enquêtes, cherchant à comprendre et à documenter les phénomènes inexplicables qui ont été rapportés.

Pendant ce temps, les participants continuent de promouvoir l'importance de l'Esperanto, utilisant leur histoire pour illustrer la force de l'unité et de la compréhension mutuelle face à l'adversité. Ils organisent des conférences et des ateliers, partageant les leçons apprises durant cette nuit inoubliable et l'importance de se tenir ensemble, peu importe les défis.

Le château, autrefois lieu de terreur, devient une attraction touristique célèbre. Les visiteurs viennent de loin pour voir de leurs propres yeux le lieu où s'est déroulée la légendaire bataille contre Dracula.

Les villageois des environs, témoins des changements et de l'attention soudaine portée à leur région, expriment leur gratitude envers les participants. "Merci d'avoir libéré notre village de cette malédiction," disent-ils, reconnaissants pour la paix retrouvée.

Malgré la distance et le retour à leur vie quotidienne, les participants restent en contact, unis par l'expérience unique qu'ils ont partagée. Leur lien est indéfectible, forgé dans le feu de l'épreuve et renforcé par la victoire commune sur une force des ténèbres.

Ensemble, ils créent une fondation dédiée à la préservation du château et de son histoire. Leur mission est double : garder vivante la mémoire de leur lutte et assurer que le château, témoin de tant d'horreur mais aussi de courage, reste un symbole d'unité et de force face à l'adversité.

Leur retour à la réalité est marqué par ces actions, transformant une expérience terrifiante en un héritage durable. Le château, autrefois domaine de l'obscurité, devient un lieu de mémoire et d'apprentissage, où l'histoire de la lutte contre Dracula continue d'inspirer courage et solidarité parmi ceux qui entendent l'appel à ne jamais oublier, à rester unis et à combattre ensemble les ténèbres.

1. Adversité - Adversity
2. Attraction touristique - Tourist attraction
3. Best-seller - Bestseller
4. Collaborent - Collaborate
5. Conférences - Conferences
6. Effroyable - Dreadful
7. Enquêtes - Investigations
8. Esperanto - Esperanto
9. Héritage - Legacy
10. Incrédulité - Incredulity
11. Indéfectible - Unfailing
12. Inexplicables - Inexplicable
13. Malédiction - Curse
14. Phénomènes - Phenomena
15. Scepticisme - Skepticism

Nouveaux Défis

Après leur victoire sur Dracula, les participants ne retournent pas à une vie normale pour longtemps. Des rumeurs sur d'autres créatures terrifiantes dans la région commencent à circuler, attirant de nouveau leur attention. Ces histoires, se répandant comme une traînée de poudre, évoquent des êtres surnaturels cachés dans l'ombre, attendant leur heure.

Motivés par un désir de protéger les innocents et forts de leur expérience précédente, les participants décident de former une équipe spécialisée pour enquêter sur ces nouvelles menaces. "Nous avons déjà affronté Dracula. Nous pouvons faire face à cela aussi," déclare l'un d'eux, rempli de détermination.

Peu de temps après, ils commencent à recevoir des demandes d'aide de différentes parties du monde. Les récits de phénomènes inexpliqués et de créatures terrifiantes leur parviennent, chaque histoire plus alarmante que la précédente.

La fondation qu'ils ont créée finance désormais des recherches sur le paranormal, permettant à l'équipe d'acquérir les ressources nécessaires pour poursuivre leur mission. Ils deviennent des experts reconnus dans la lutte contre le surnaturel, leur expertise demandée partout où le danger se manifeste.

Au fil de leurs aventures, ils développent des technologies avancées pour détecter et combattre ces créatures. Des détecteurs de présence surnaturelle aux armes spécialement conçues, leur arsenal grandit, témoignant de leur engagement à affronter le mal sous toutes ses formes.

Leurs nouvelles aventures les mènent dans des lieux mystérieux et oubliés, de cryptes cachées sous d'anciennes églises à des forêts où la lumière du jour semble ne jamais pénétrer. Dans ces endroits, ils rencontrent d'autres survivants d'expériences similaires, formant une communauté de ceux qui ont vu et combattu l'inexplicable.

Leur histoire incroyable inspire une série télévisée, attirant l'attention du public sur le danger mais aussi sur le courage de ceux qui se dressent contre l'obscurité. La série, mélangeant faits réels et fiction, devient un succès, propageant leurs exploits et leur message à un public encore plus large.

Cependant, ils font face à des sceptiques qui doutent de la réalité de leurs récits, ainsi qu'à des dangers bien réels lorsque les créatures qu'ils traquent se révèlent plus puissantes et maléfiques que jamais. Chaque nouvelle mission est un rappel des risques qu'ils prennent, mettant leur vie en jeu pour protéger les autres.

Malgré les risques et les critiques, leur détermination reste inébranlable. "Peu importe ce que les autres disent, nous savons ce que nous avons vu. Nous devons continuer à lutter," affirme le leader du groupe, sa conviction renforçant la volonté de l'équipe.

Ainsi, les participants poursuivent leur mission, armés de courage et d'une foi inébranlable dans leur cause. Leur combat contre les forces du surnaturel est loin d'être terminé, mais ils sont prêts à affronter chaque nouveau défi, déterminés à protéger les innocents et à maintenir la lumière dans un monde menacé par les ténèbres.

1. Affronté - Confronted
2. Alarmante - Alarming
3. Arsenal - Arsenal
4. Cryptes - Crypts
5. Défi - Challenge
6. Détermination - Determination
7. Équipe spécialisée - Specialized team
8. Experts reconnus - Recognized experts
9. Inexplicables - Inexplicable
10. Innocents - Innocents
11. Menaces - Threats
12. Paranormal - Paranormal
13. Phénomènes - Phenomena
14. Sceptiques - Skeptics
15. Surnaturel - Supernatural

L'Héritage

Des années ont passé depuis la nuit terrifiante où un groupe de participants au congrès d'Esperanto a affronté et vaincu Dracula dans son château ancestral. Leur courage et leur détermination sont devenus légendaires, transformant ces individus ordinaires en héros célébrés par le monde entier.

Leur histoire extraordinaire est désormais enseignée dans les écoles comme un exemple vibrant de courage face à l'adversité et de l'importance de l'unité dans la lutte contre le mal. Les enseignants racontent avec passion comment ces hommes et ces femmes, venus de différents pays et cultures, se sont unis pour combattre une force surnaturelle terrifiante.

Le château, témoin de leur bataille épique, est préservé comme un monument historique. Un musée y est créé, dédié à raconter l'histoire de Dracula et de ces mercenaires du bien, attirant des visiteurs de tous horizons désireux de découvrir la vérité derrière la légende.

Chaque année, des événements commémoratifs sont organisés pour célébrer la victoire sur Dracula. Ces cérémonies sont des moments de recueillement mais aussi de célébration de la bravoure humaine. Les participants, maintenant plus âgés, sont régulièrement honorés et reçoivent des distinctions pour leur acte de bravoure, rappelant à tous la valeur du courage et du sacrifice.

Leur exploit inspire également une nouvelle génération à apprendre l'Esperanto, la langue qui les avait unis dans leur lutte. L'intérêt pour cette langue universelle connaît un renouveau, symbolisant les liens d'amitié et de solidarité qui peuvent transcender les frontières.

Les actions des participants sont étudiées non seulement dans le contexte de l'histoire, mais aussi par des chercheurs en folklore et en paranormal. Leurs expériences contribuent à un corps grandissant de connaissances sur le surnaturel, éclairant les zones d'ombre entre la réalité et les mythes.

Grâce à eux, l'Esperanto renforce les liens internationaux, prouvant que la communication et la compréhension mutuelle peuvent jouer un rôle crucial dans les moments de crise. Leur aventure devient un cas d'étude sur la manière dont une langue construite peut unir les gens pour le bien commun.

La légende de Dracula et des mercenaires devient intemporelle, une histoire qui traverse les générations, rappelant à chacun l'importance de l'unité, du courage et de la prudence. Leur aventure souligne que, même dans les moments les plus sombres, la lumière de l'humanité peut briller, vainquant les ténèbres par la solidarité et le courage.

Leur héritage est un phare d'espoir et d'inspiration, un rappel que, face à l'inconnu et au mal, l'humanité peut se lever, unie et forte, pour protéger la lumière de notre monde contre les ombres qui cherchent à l'engloutir. Leur histoire, enseignée, célébrée et rappelée à travers les années, continue de toucher les cœurs et d'inspirer des actes de courage et d'unité, prouvant que l'esprit humain est capable de surmonter les plus grands défis.

1. Adversité - Adversity
2. Ancestral - Ancestral
3. Bravoure - Bravery
4. Célébrés - Celebrated
5. Commémoratifs - Commemorative
6. Contribuent - Contribute
7. Distinctions - Distinctions
8. Épique - Epic
9. Extraordinaire - Extraordinary
10. Légendaires - Legendary
11. Mercenaires - Mercenaries
12. Paranormal - Paranormal
13. Phare - Beacon
14. Renouveau - Renewal
15. Surnaturelle - Supernatural

Le Miroir de l'Âme Perdue

La Visite du Prêtre

Dans une prison sombre en France, un homme attend son dernier jour. Demain, la guillotine clôturera son existence. Ce jour-là, un prêtre entre dans sa cellule pour offrir la dernière bénédiction.

L'homme, étrangement calme, porte un secret inavoué. Sous son lit se cache un miroir ancien aux pouvoirs magiques, capable d'échanger les âmes de deux êtres.

Le prêtre, ignorant tout du mystère de cet homme, commence à parler de vie, de mort et de rédemption. L'homme l'écoute, puis lui demande soudain, "Tenez ce miroir, s'il vous plaît."

Le prêtre, intrigué, accepte. Au moment où ses doigts frôlent le verre froid, une force invisible s'empare de lui. En un instant, l'échange est fait : l'âme du prêtre se retrouve prisonnière du corps condamné, et l'âme du détenu s'évade dans le corps du prêtre.

Le nouveau prisonnier, l'esprit du prêtre enfermé dans le corps du condamné, est saisi de terreur. Il se précipite vers les gardes, criant sa vérité, "Je ne suis pas cet homme! Je suis le prêtre! Il a échangé nos corps!"

Mais ses paroles semblent insensées aux oreilles des gardes. "Encore un qui perd la tête avant la fin," murmurent-ils en se détournant.

La nuit tombe lourdement sur la prison, enveloppant le vrai prêtre dans le désespoir le plus total. Il est seul, enfermé dans un corps qui n'est pas le sien, à quelques heures de sa mort injuste.

Dans le silence de sa cellule, le prêtre prie, non pour un miracle, mais pour la force d'affronter l'inévitable. De l'autre côté, l'homme dans le corps du prêtre savoure sa liberté volée, anticipant avec une joie cruelle le spectacle du matin.

La lune, témoin silencieux de cette tragédie, éclaire les barreaux de sa fenêtre. Le prêtre, dans un corps condamné, se résigne à son sort, tandis que l'aube, porteuse de mort, se lève lentement sur la prison.

L'heure de l'exécution approche, les gardes viennent chercher celui qu'ils croient être le condamné. Dans un dernier élan de désespoir, le prêtre crie, "Je suis innocent! C'est une erreur!" Mais ses protestations se perdent dans le vacarme des préparatifs de l'exécution.

Le vrai coupable, caché dans la foule sous les traits d'un homme de foi, observe la scène, un sourire sombre aux lèvres. Le prêtre, emmené vers son destin, jette un dernier regard vers le ciel, cherchant un pardon qu'il sait ne pas mériter.

La lame tombe, et avec elle, la vérité reste enfouie dans les ombres de l'injustice. Le miroir, témoin silencieux de cette macabre échange, continue de briller d'un éclat mystérieux, gardant pour lui les secrets de l'âme et du temps.

Dans les jours qui suivent, l'histoire du prêtre échangé devient une légende murmurée entre les murs de la prison, un avertissement éternel sur le pouvoir des objets maudits et la fragilité de la justice humaine.

1. Ancien - Ancient
2. Bénédiction - Blessing
3. Cellule - Cell
4. Clôturera - Will close
5. Condamné - Convict
6. Échange - Exchange
7. Évade - Escapes
8. Guillotine - Guillotine
9. Inavoué - Unconfessed
10. Injuste - Unjust
11. Maudits - Cursed
12. Prêtre - Priest
13. Rédemption - Redemption
14. Saisi - Seized
15. Témoin - Witness

La Découverte Terrifiante

La nuit enveloppe la prison d'une obscurité étouffante, et le prêtre, prisonnier dans le corps du condamné, vit des heures d'angoisse inimaginables. Seul dans sa cellule, il se tourne vers chaque garde qui passe, suppliant, "Croyez-moi, je suis le prêtre! Nous avons échangé nos corps!"

Mais ses appels désespérés ne rencontrent que des regards sceptiques ou des moqueries. "Encore ce fou," murmurent-ils en s'éloignant.

À l'aube, le faux prêtre, l'âme du condamné à l'intérieur, se prépare avec une tranquillité dérangeante pour assister à l'exécution. Il ajuste la soutane qui n'est pas la sienne, un sourire sinistre aux lèvres.

Les premières lueurs du jour percent le ciel, annonçant l'heure sombre de l'exécution. Les gardes ouvrent la porte de la cellule et viennent chercher celui qu'ils pensent être le criminel.

Le prêtre, dans un dernier effort désespéré, crie, "Arrêtez! Vous faites une erreur!" Mais ses paroles se perdent dans le vacarme des chaînes et des pas lourds.

Conduit vers la guillotine, il jette des regards implorants vers la foule assemblée, espérant que quelqu'un, n'importe qui, puisse voir la vérité dans ses yeux.

Le condamné, libre dans le corps du prêtre, observe la scène depuis la foule, un sourire de victoire déformant son visage emprunté. "Adieu, mon corps," murmure-t-il, une lueur de triomphe dans le regard.

Le prêtre, maintenant agenouillé sous la lame froide et implacable, ferme les yeux et prie, non pas pour sa vie, mais pour que la vérité éclate, même si c'est après sa mort.

Le silence s'abat sur la place au moment où la lame se détache. Un instant suspendu, un souffle retenu, puis le bruit sourd de la fin.

La foule reste muette, le spectacle de la mort les ayant rendus momentanément silencieux. Certains détournent le regard, d'autres fixent la scène, cherchant peut-être dans leur cœur la justice de ce qu'ils viennent de témoigner.

Le faux prêtre, le condamné au cœur noir, s'éloigne lentement de la guillotine, se fondant parmi les vivants, sa liberté gagnée au prix de l'âme d'un innocent.

La tragédie de cette matinée s'inscrit dans les annales de la ville, une histoire macabre d'un échange d'âmes et d'une exécution injuste. La légende du miroir maudit et du prêtre sacrifié hantera les rues pavées, un murmure parmi les ombres, rappelant à tous le prix de la malveillance et de la tromperie.

Ainsi se termine la terrifiante découverte, un chapitre sombre dans l'histoire d'une ville hantée par le spectre de l'injustice. Le condamné, naviguant dans le monde sous une fausse identité, porte en lui le fardeau d'un secret qui dépasse l'entendement humain, un secret que même la mort ne peut enterrer.

1. Angoisse - Distress
2. Annale - Annal
3. Cellule - Cell
4. Chaîne - Chain
5. Condamné - Convicted
6. Dérangeante - Disturbing
7. Désespéré - Desperate
8. Échange - Exchange
9. Étouffante - Suffocating
10. Exécution - Execution
11. Guillotine - Guillotine
12. Implorant - Imploring
13. Injustice - Injustice
14. Moquerie - Mockery
15. Soutane - Cassock

French Graded Readers

For more books and E-book options visit:

www.briansmith.de